पृथ्वीवल्लभ

पृथ्वीवल्लभ

कन्हैयालाल माणिकलाल मुंशी

अनुवाद

प्रवासीलाल वर्मा

वाणी प्रकाशन

प्रकाशन के उत्कृष्टतम 62 वर्ष

पेपरबैक प्रथम संस्करण : 2015
पेपरबैक द्वितीय संस्करण : 2025

vaniprakashan.com

वाणी प्रकाशन

4695, 21-ए, दरियागंज, नयी दिल्ली-110 002
फ़ोन : + 91 11 23273167, 23275710

शाखाएँ

अशोक राजपथ, पटना-800 004, बिहार
कॉफ़ी हाउस कैम्पस, महात्मा गांधी मार्ग, प्रयागराज-211 001, उत्तर प्रदेश
महात्मा गांधी अन्तरराष्ट्रीय हिन्दी विश्वविद्यालय, वर्धा-442 001, महाराष्ट्र
sales@vaniprakashan.in
vaniprakashan@gmail.com

Prithwivallabha
by Kanhaiyalal Maniklal Munshi
Translated by Prawasilal Verma

ISBN : 978-93-5072-661-7
Novel

मूल्य : ₹ 250

जी.एस. ऑफ़सेट, दिल्ली-110 095 में मुद्रित

वाणी प्रकाशन का लोगो मक़बूल फ़िदा हुसैन की कूची से

प्रस्तावना

अनेक लेखकों ने मुंज की कीर्ति से आकृष्ट होकर उसके विषय में बहुत कुछ लिखा है। रसिक भोज का नाम मध्यकालीन मालवा की कविता में अमर है, पर उस प्रतापी देश का प्रतिनिधि मुंज भी था, ऐसा मानने के अनेक प्रमाण मिलते हैं।

मुंज के यश और प्रभाव का बहुत प्रतिबिंब पड़ा है, समकालीन कवियों की प्रशंसा इसकी प्रबल साक्षी है। उसके समकालीन कवियों में नीचे लिखे कवियों के नाम लिये जा सकते हैं :

(1) धनंजय, जिसने दशरूपक लिखा है। उसमें वह मुंज के विषय में लिखता है—

विष्णोः सुतेनापि धनञ्जयेन
विद्वन्मनोरागनिबन्धहेतुः।
आविष्कृतं मुञ्जमहीशगोष्ठी-
वैदग्ध्याभाजा दशरूपमेतत् ॥

(2) धनिक, जिसने संस्कृत और प्राकृत काव्य लिखे हैं और दशरूपक की अवलोक नाम्नी सुन्दर टीका लिखी है। इसे कुछ लोग धनंजय मानते हैं और कुछ धनंजय का भाई।

(3) सर्वदेव का पुत्र धनपाल। इसने 'पैया लच्छी' नामक प्राकृत कोश एवं बाद में जैन मतावलम्बी होकर ऋषभपंचाशिका लिखी है।

(4) भट हलायुध, पहले कृष्णराज के आश्रय में मान्यखेट में था, फिर मुंज की सभा में आया। इसके काव्यों में अभिधानचिन्तामणि, कविरहस्य और पिंगलछन्दसूत्र की मृत-संजीवनी नाम्नी टीका मिलती है।

(5) मृगांक गुप्त का पुत्र पद्मगुप्त। इसने मुंज के बाद सिंहासन पर बैठने वाले सिंधुराज के समय में 'नवसाहसांकचरित' लिखा है—

सरस्वतीजल्पलतैककंदम्
वंदामहे वाक्पतिराजदेवम्।
यस्य प्रसादाद्वयमप्यनन्यद्र
कवींद्रचीर्णे पथि संचरामः॥

और भी—

दिवं पियासुर्मम वाचि मुद्रा
मदत्त यां वाक्पतिराज देवः।

तस्यानुजन्मा कविबांधवस्य
भिनति तां संप्रति सिंधुराजः ॥

उपर्युक्त लेखकों की साक्षी से मुंज की काव्य-रसिकता भोज की अपेक्षा किसी प्रकार कम नहीं जान पड़ती, और वह केवल रसज्ञ ही नहीं था। मालवा के परमारों में उसका स्थान साधारण नहीं है। कारण, उसके दिग्विजय की ख्याति आज तक चली आ रही है। उसने मालवा की चारों दिशाएँ प्रकम्पित कर दी थीं, ऐसा मानने के भी प्रमाण मिलते हैं। उसने सोलह बार तैलप को पराजित किया था, यह बात भी ऐतिहासिक जान पड़ती है।

तैलप स्वयं महान विजेता था। ऐसा लगता है कि उसने मान्यखेट में साम्राज्य स्थापित किया था। वह चालुक्यवंशी था, कल्चुरी के लक्ष्मणराज की पुत्री बोन्थादेवी का पुत्र था, और राष्ट्रकूट भम्मह की पुत्री जक्कलादेवी उसे ब्याही थी। इसने भी चोल, चेदि, पांचाल और गुजरात देश जीत लिये थे और अन्त में मुंज को पराजित करके मालवा पर अपनी विजय-पताका फहराई थी। उसने मुंज के साथ स्पर्धा करके किसी प्रकार 'महाराजाधिराज', 'परमेश्वर', 'परम भट्टारक', 'समस्त भुवनाश्रय', 'श्रीपृथ्वीवल्लभ', 'सत्याश्रय कुलतिलक', 'चालुक्याभरण', 'भुजबल चक्रवर्ती', 'रणरंग भीम' इत्यादि अनेक विरुद धारण किये थे।

इसके एक पुत्र का नाम 'अकलंकचरित' अथवा 'सत्याश्रय' था। स्यून देश का राजा भील्लम यादव इसका महासामन्त था और इसने ही शायद मुंज को पराजित किया था। इसकी पत्नी लक्ष्मीदेवी थाना के राष्ट्रकूट राजा झंझा की पुत्री थी। मृणालवती की कथा में भी बहुत कुछ ऐतिहासिक तत्व दीख पड़ता है।

मुंज ने जिस प्रकार अनेक उपन्यास-लेखकों का ध्यान आकृष्ट किया है, उसी प्रकार मेरा ध्यान भी आकृष्ट किया। कई वर्ष पहले मैंने इस उपन्यास को लिखने का विचार किया था। अन्त में स्वर्गीय भाई हाजी मुहम्मद की खेदजनक मृत्यु के कारण इस पोथी को सुन्दर बनाने में उनकी बहुमूल्य सम्मति के रूप में जो सहायता मिलती, वह न मिल सकी।

बाबुलनाथ रोड,
बम्बई
16.2.21

—कन्हैयालाल माणिकलाल मुंशी

अनुक्रमणिका

विक्रम की ग्यारहवीं शताब्दी का समय था। हिन्दू राजाओं में परस्पर युद्ध-विग्रह चल रहे थे। राज्यों की स्थापना और विनाश की क्रिया चल रही थी। अनेक प्रतापी नरेश, साम्राज्य स्थापित करने का प्रयत्न कर रहे थे।

लोग सुखी और संस्कारशील थे। उनका जीवन सादा; पर सचेतन था। उनका आदर्श सरल; किन्तु सरस था।

देश अभी प्रताप से हीन नहीं हो गया था। उसकी संस्कृति को, आत्म-रक्षण के लिए निश्चलता स्वीकार न करनी पड़ी थी। समृद्ध और संस्कृत आर्यावर्त्त, स्वातंत्र्य तथा स्वास्थ्य का आनन्द अनुभव कर रहा था।

मुहम्मद गज़नवी ने अभी देश के द्वार तोड़ने का प्रयत्न नहीं किया था। ईरान और तुर्किस्तान में उत्पन्न हुए इस्लामी झंझावात की भयंकर आवाज भी नहीं सुनाई पड़ती थी। पराधीनता थी—केवल देशवासियों की; परतंत्रता दृष्टि पड़ती थी—केवल पुरानी संस्कृति की।

इस शताब्दी के प्रतापी राजाओं में, तैलंगण का चालुक्य राजा तैलप भी था। वह संवत् 1029 में सिंहासनासीन हुआ और राष्ट्रकूट राजाओं को अपने अधीन कर दक्षिण में एकच्छत्र राज्य करने लगा। इतना ही नहीं, चोल, चेदि, पांचाल और गुजरात में भी उसने अपनी सत्ता प्रसारित कर, भारत-भर का चक्रवर्ती होने की कल्पना की और अपने लिए 'परमेश्वर', 'परमभट्टारक', 'समस्त भुवनाश्रय', 'सत्याश्रय कुल-तिलक', 'चालुक्याभरण', 'भुजबल चक्रवर्ती', 'रणरंग भीम', 'आहवमल्ल' आदि पदसूचक विरुदों का सृजन कराया।

इस चालुक्य-राज की कीर्ति पर एक बहुत बड़ा कलंक का टीका था। मालवा के मुंजराज ने उसे अनेक बार पराजित किया था, और अवंतिका में एक सामान्य सामन्त की तरह उससे सेवा कराई थी। इस कलंक-कालिमा को धोने के लिए संवत् 1052 में तैलप ने अवंति-राज का उस समय सामना किया, जब वह एक बड़ी सेना लेकर तैलंगण की ओर बढ़ रहा था।

तैलप जब दक्षिण में साम्राज्य-स्थापना का प्रयत्न कर रहा था, उसी समय आर्य-संस्कृति के केन्द्र-स्थान अवंतिका के अधिराज मुंजराज ने उत्तर भारत में साम्राज्य स्थापित किया था। वह अनेक वर्षों से सारे भारतवर्ष में अपनी विजय-दुंदभी बजवा रहा था। अपनी प्रशंसा में कवियों की काव्य-शक्ति को कसौटी पर चढ़ा रहा था। रूप में उसकी तुलना कामदेव के साथ की जाती थी। कवि-गण उसका सरस स्वर सुनकर रस-युक्त काव्य लिखने के लिए प्रेरित होते थे और गणित-शास्त्रीगण उसकी सहायता से शास्त्र पूर्ण करने की चेष्टा करते थे।

रक्तपात-प्रिय और अत्याचारी माने जाते हुए भी वह विद्या-व्यसनी था। उसके विषय में अनेक दंत-कथाएँ प्रचलित थीं और तैलंगण में वे सब सच समझी जाती थीं। उसका नाम सुनकर सारे देश के लोग काँप उठते थे।

विलासवती

संवत् 1052 के वैसाख मास की दशमी के दिन संध्या-समय तैलंगण के राजमहल के शिवालय में एक बाला पद्मासन लगाये हुए बैठी थी।

नगर में अशांति थी। युद्ध में गये हुए राजा के सम्बन्ध में अनेक अपवाहें फैल रही थीं। कोई कहता, 'मुंज गोदावरी लाँघकर आ रहा है।' कोई कहता, 'तैलपराज ने मुंज को पराजित कर दिया' और कोई कहता कि 'मुंज और तैलप दोनों द्वन्द्व युद्ध में कट मरे'। इन बातों से सच और झूठ को समझना बड़ा कठिन था। परन्तु इस प्रकार की प्रत्येक नयी किंवदन्ती से लोगों में चिन्ता का प्रसार हो जाता।

यह सब होते हुए भी वह बाला शान्तिपूर्वक बैठी हुई थी। वह ध्यानस्थ होने का ढोंग कर रही थी। उसके हरिण के-से चंचल नेत्र धीर गति से चोरों की तरह चारों ओर घूम रहे थे। थोड़ी-थोड़ी देर में वह कान देकर सुनती और हल्का-सा निःश्वास छोड़ देती। ऐसा प्रतीत होने लगता मानो शंकर के समाधि-भंग की प्रतीक्षा में जगदम्बिका पार्वती पुनः नवयौवना भिल्लिनी का वेश बनाकर पति की परीक्षा लेने आयी हैं।

इस बाला का सौन्दर्य अत्यन्त मनोहारी था। परिधेय वल्कल-वस्त्रों में से निकली हुई श्वेत और सीधी—सुराहीदार गर्दन, तपस्वियों का तपोभंग करनेवाली थी। वह छोटी-सी सुन्दर नाक, हल्का-सा मधुर मुख, तेजोमयी कामना-पूरित काली आँखें देखकर तपस्वी-गण भी अपने आपको भूल सकते थे। योगिराज शंकर का मन्दिर, परिधेय वल्कल और लगाये हुए पद्मासन के बावजूद, वातावरण में रस-तरंगें हिलोरें ले रही थीं। यह सब कुछ होते हुए भी बाला के ललाट पर चिन्ता की हल्की-सी रेखाएँ खिंची हुई थीं। कमनीय काया पर ग्लानि की छाया दिखलाई दे रही थी और नेत्रों में व्याध के भय से छिपते हुए शशक जैसी घबराहट थी।

उसने एक बार चारों ओर देखा। फिर पद्मासन छोड़ दिया और दोनों हाथों की हल्की, छोटी तथा कोमल अँगुलियों को परस्पर मिलाकर हाथों को बलपूर्वक ऊँचा करके अंगों की अलसता दूर की।

वाटिका में पड़े सूखे पत्तों की खड़खड़ाहट हुई और किसी के आने का पद-रव सुनाई पड़ा। बाला ने तुरन्त पद्मासन जमा लिया और आँखें मूँदकर ध्यान करने का ढोंग करने लगी।

तीन स्त्रियों ने शिवालय की सीढ़ियों पर पैर रखे। एक वल्कल-धारिणी स्त्री आगे

चल रही थी। उसका शरीर ऊँचा, परिपुष्ट और सशक्त था। अंगों की एक-एक रेखा पूर्ण मालूम हो रही थी। केवल सिर के केश सफेद होने लगे थे। भरा हुआ प्रभावशाली चेहरा, चेचक के दागों से ज़रा विद्रूप हो गया था; किन्तु फिर भी आँखों में तीव्र तेज था और दबे हुए दृढ़ होंठों में प्रभाव। आयु ढल गयी थी, तो भी अंगों में यौवन की मादकता दिखलाई पड़ती थी।

पीछे की दोनों स्त्रियाँ सुन्दरी थीं और उनके मूल्यवान वस्त्राभूषण, उनकी स्थिति का परिचय दे रहे थे।

पहली स्त्री के मुँह पर दृढ़ता थी और आँखों में स्थिर उन्माद। अन्य दोनों स्त्रियों के मुँह पर भय और चिन्ता के चिन्ह थे। आँखें अश्रु-प्लावित लग रही थीं।

आगे की वल्कल-धारिणी स्त्री तैलपराज की विधवा बहन मृणालवती थी। अन्य दोनों स्त्रियों में से बड़ी तैलपराज की रानी जक्कलादेवी थी और छोटी—जक्कलादेवी की चचेरी बहन, स्यून देश के यादव राजा महासामन्त भील्लम की स्त्री लक्ष्मीदेवी।

मृणालवती ने सबसे आगे मन्दिर में प्रवेश किया और लक्ष्मीदेवी की ओर मुड़कर कहा, "लक्ष्मीदेवी, मैंने क्या कहा था? तुम्हारी पुत्री ध्यान कर रही है।"

लक्ष्मीदेवी ने अस्पष्ट भाव से कहा, "जी!"

शान्त, कठोर और अधिकारपूर्ण स्वर में मृणालवती ने पुकारा, "विलास, विलास!"

विलासवती ने चौंककर आँखें खोलने का ढोंग किया, जैसे अभी ध्यान भंग हुआ हो।

मृणालवती ने कठोर स्वर में कहा, "विलास, बाहर जाओ। कोई आये तो मुझे तुरन्त सूचित करना।"

चरण छूकर विलासवती मौन-मुख बाहर चली गयी, मानो उसे मृणालवती के आदेशों का पालन और उसके इच्छानुसार व्यवहार करने की टेव पड़ी हुई हो।

विलासवती बाहर चबूतरे पर जाकर ऐसी जगह खड़ी हो गयी जहाँ से अन्दर की सब बातें स्पष्ट सुनाई पड़ें।

मृणालवती मन्दिर में मूल्यवान काले पत्थर के बने नन्दी के पास जाकर खड़ी हो गयी और बोली, "जक्कला!"

जक्कलादेवी ने कहा, "जी!"

"देखो, मैंने जिस स्थान के लिए कहा था, वह यही है। मान्यखेट से भाग निकलना हो, तो यही मार्ग है।"

डरते-डरते लक्ष्मीदेवी ने पूछा, "परन्तु मुंज के आने का कोई समाचार...?"

मृणालवती की भौंहें सिकुड़ गयीं। एक तीक्ष्ण दृष्टि ने लक्ष्मीदेवी के वाक्य को बीच में ही काट दिया।

कठोर स्वर में मृणालवती ने कहा, ''कोई समाचार होता तो मैं न कहती?'' लक्ष्मीदेवी होंठ चबाकर चुप हो गयी। मृणालवती ने आगे कहा, ''देखो, इस नन्दी के नीचे सुरंग है।''

धीमे स्वर में, सम्मान के साथ जक्कलादेवी ने पूछा, ''कहाँ निकलती है?''

मृणाल ने कहा, ''भुवनेश्वर के मन्दिर में।''

''वह तो बिल्कुल वन-प्रदेश में है?''

मृणालवती उत्तर देने के पूर्व ही लौटी। गर्भद्वार में विलास को खड़ी देखकर उसने कठोर स्वर में पूछा, ''क्यों आयी है?''

''बाहर पिताजी आये हैं।''

भयंकर स्वर में मृणालवती ने पूछा, ''महासामन्त!''

लक्ष्मीदेवी के मुँह से अचानक निकल गया—''ऐं!''

अशुभ लक्षण देखकर जक्कलादेवी घबरा गयी। निराधार अवस्था में उसने दीवार पर हाथ टेक दिये।

''बुलाओ।''

''जो आज्ञा!'' कहकर विलास बाहर चली गयी और अपने पिता को अन्दर बुला लायी।

महासामन्त भील्लम ऊँचा-पूरा और शत्रुओं के हृदय में भय उत्पन्न कर देनेवाला भीमकाय योद्धा था। उसने शरीर पर कवच धारण कर रखा था। हाथों और कपाल पर पट्टियाँ बँधी हुई थीं।

''बहन मृणाल, आहवमल्ल महाराज की विजय हुई।''

जक्कलादेवी के मुँह से निकल गया, ''ऐं!''

शान्ति से सामन्त की ओर मुड़कर मृणालवती ने आँखें चढ़ाईं और पूछा, ''कब?''

''परसों। गोदावरी लाँघकर मुंज इस ओर आना चाहता था, इसी समय महाराज ने आक्रमण कर दिया।''

जक्कला, लक्ष्मी और विलास के चेहरों पर आनन्द छा गया, पर मृणालवती के होंठ भयंकर दृढ़ता से भिंचे रहे।

''उसकी सेना का क्या हुआ?''

''बहुत कुछ हमारे अधीन हो गयी है और कुछ भाग गयी।''

जक्कलादेवी ने धीमे स्वर से पूछने का साहस किया, ''महाराज आनन्दपूर्वक हैं?''

मृणालवती ने जरा कठोर स्वर में कहा, ''इतने ही में अधीर हो गयी?'' और भील्लम से प्रश्न किया, ''उस नरपिशाच का क्या हुआ?''

''किसका, मुंज का?''

मृणाल ने सिर हिलाकर कहा, "हाँ।"

महासामन्त ने गर्व से हँसते हुए कहा, "उसे मैंने पकड़ लिया है।" मन ही मन महासामन्त के गर्व का तिरस्कार करते हुए मृणाल देखती रह गयी। महासामन्त ने फिर कहा, "कल महाराज की सवारी यहाँ आएगी, यही कहने को मैं आया हूँ।"

"अच्छा, तो तैयारी करने का आदेश देना चाहिए। चलो, महासामन्त!"

महासामन्त का विचार वहाँ से हटने का नहीं था। उसने कहा, "चलिए, मैं अभी आया..."

मृणाल ने तिरस्कार से कहा, "भील्लमराज, तुम भी अभी तक ज्यों-के-त्यों हो? तुम्हारे हृदय में सात्विकता नहीं आयी।" भील्लम चुपचाप हँसता रहा।

"अच्छा, ठीक। चलो जक्कला, चलो विलास!"

भील्लम ने कहा, "बहन, इसे मैं अभी भेजे देता हूँ।"

"तुम दोनों माँ-बाप ही इस लड़की के संस्कार बिगाड़ते हो, फिर वह बेचारी क्योंकर निष्कलंक रह सकती है? अच्छा विलास, शीघ्र आना।" यह कहकर मृणालवती चली गयी। उसके पीछे जक्कलादेवी भी थीं।

निराधार भील्लमराज

मृणालवती के मन्दिर से जाते ही तीनों ने एक निःश्वास छोड़ा।

लक्ष्मी ने क्षण-भर मौन रहकर कहा, "महाराज, कैसी तबियत है?"

भील्लम हँस पड़ा। उसकी आँखें स्नेह-सिक्त हो गयीं। कहा, "बहुत अच्छी। केवल दो-चार चोटें आयी हैं; किन्तु मैंने भी आखिर जीतकर ही छोड़ा।" हर्ष के आवेग से क्षण-भर शान्त रहकर वह फिर बोला, "यदि मैं न होता, तो मुंज कभी न पकड़ा जाता। और महाराज आहवमल्ल पर एक बड़ा संकट आ जाता।"

"ओह! ऐसा?"

"हाँ, ऐसा! ... मुंज तथा महाराज के बीच घमासान युद्ध हुआ।"

"द्वन्द्व-युद्ध?"

"हाँ, द्वन्द्व-युद्ध। उनका हाथी और महावत मारे गये, तो उन्होंने नीचे उतरकर द्वन्द्व-युद्ध किया।"

"फिर?"

"फिर क्या, कहाँ मुंज और कहाँ महाराज! महाराज का शरीर क्षत-विक्षत हो गया था, वे गिरने ही वाले थे कि मैंने देख लिया। देखते ही मैं दौड़ा, और मुंज का सामना किया। देवी, क्या कहूँ उसकी बात! चार घड़ी किसी ने दम नहीं लिया। अखिल

त्रैलोक्य यह देख रहा था।" इतना कहकर भील्लम ने एक निःश्वास छोड़ा। लक्ष्मी और विलास आतुरता से उसकी ओर देखने लगे।

"मेरी भी कसौटी सच्ची थी, अन्त में मैं ही बली निकला। मुंजराज ने जरा ठोकर खाई, और मैंने धर दबोचा।"

लक्ष्मी ने नयनों में ही बलैयाँ लेते हुए कहा, "शाबाश!"

विलासवती ने धीरे से पूछा, "पिताजी, मुंज कैसा है?"

कल देख लेना। बड़ा बली है। जैसे ही मैंने उसे दबाया, तैसे ही उसने हँसकर मेरी पीठ थपथपाई और कहा, "भील्लमराज, तुम धन्य हो। जगत में तुम्हीं यह कर सकते थे।"

लक्ष्मी ने कहा, "वाह, कैसा आदमी है!"

विलास ने पूछा, "पिताजी, कल मैं उसे कैसे देख सकूँगी?"

"क्यों, क्या बात है?"

लक्ष्मी के होंठ भिंच गये, आँखों से अग्नि निकलने लगी। पास आकर धीरे से कहा, "नाथ, यहाँ तो बड़ा अत्याचार हो रहा है।"

"क्यों?"

"आप तो रण-क्षेत्र में ही अपने दिन बिताते हैं, हमारा दुःख देखने वाला यहाँ कौन है? हमारे दुःखों की आपको क्या खबर हो सकती है? पराधीनता ने हमें कैसा जकड़ रखा है? जैक्कलादेवी ही जब कुछ नहीं कर सकतीं, तो हम क्या कर सकती हैं?" कहते-कहते लक्ष्मी का दबा हुआ क्रोध उमड़ आया। आँखों के आँसू पोंछते हुए उसने पुनः कहा, "अपने कष्टों की तो मुझे चिन्ता नहीं; परन्तु इस बेचारी विलास का जीवन व्यर्थ ही नष्ट हो रहा है।"

भील्लम ने जरा दुखित-स्वर में कहा, "देवी, तुम तो जानती ही हो कि हम इस पराधीनता को क्यों सहन करते आ रहे हैं।"

लक्ष्मी ने आकुलता दूर करते हुए कहा, "जानती हूँ, सब जानती हूँ; परन्तु मैं तो हार गयी। तुम जैसे अप्रतिम योद्धा को सब कहीं इससे अच्छा काम मिल सकता है।"

एक निःश्वास लेकर महासामन्त ने लक्ष्मीदेवी को शान्त करने का प्रयत्न किया और कहा, "देवी, तुम बहुत अधीर हो जाती हो। अगर तुम्हें इस पराधीनता की रोटियाँ सालती हैं, तो क्या मुझे नहीं सालतीं? मेरी गरीब प्रजा निराधार पड़ी है, और तुम महाराज की तनया..."

राष्ट्रकूट नर-पतियों के कुल में उत्पन्न हुई लक्ष्मी ने जरा उलाहने के स्वर में कहा, "नाथ, यह सब मैं अपने लिए कह रही हूँ?"

भील्लमराज ने जरा तिक्त होकर कहा, "नहीं देवी, यह बात नहीं है, मैं जानता हूँ। मैं यहाँ स्वतः निराधार हूँ, पराधीन हूँ, तैलप की कीर्ति बढ़ाने के लिए नियत किया गया नौकर! परन्तु किया क्या जाय? आठ-आठ वर्षों तक युद्ध

किया; पर विधि-विडम्बना से कुछ नहीं हो सका। अन्त में इस एकाकिनी कन्या के लिए यह अधमता..."

विलासवती दूर खड़ी हुई बड़ी कठिनता से अपने आँसुओं को रोकने का प्रयत्न कर रही थी। लक्ष्मीदेवी की आँखों से टप-टप आँसू गिर रहे थे। यह दशा देखकर भील्लम ने बात को बदल दिया। उसने विलास की ओर घूमकर कहा, "बेटी, तू तो सुखी है?"

विलास ने धीरे से कहा, "हाँ, पिताजी!"

कटाक्ष करते हुए लक्ष्मी बोली, "यह बेचारी सुख और दुख क्या जाने? यह तो मृणाल बहन के अधीन है। और उन्होंने जैसे कुँवर सत्याश्रय को बना दिया है, वैसे ही इस बेचारी को भी बनाना शुरू किया है।"

भील्लमराज ने तनिक स्फीति हास्य करते हुए कहा, "क्यों विलास, तुम क्या सोचती हो?"

विलास ने मधुरता से कहा, "माताजी तुरन्त अकुला जाती हैं। मैं तो समझती हूँ, मुझमें अब बहुत-कुछ शान्ति आती जा रही है।"

"बेटी, तू कुँवर सत्याश्रय के योग्य हो जाय और उनके साथ तेरा विवाह कर दिया जाय, तब मुझे चैन मिले।"

"पिताजी, योग्य होने का प्रयास तो कर रही हूँ।"

लक्ष्मी ने तनिक व्यंग्य से कहा, "हाँ, ठीक है और जब यह जवानी जलकर भस्म हो जायगी, तब तू योग्य होगी।"

भील्लमराज ने विलास से कहा, "बेटी, आज तुम्हारी माताजी जरा क्रुद्ध हो रही हैं, इनकी बातों पर ध्यान न देना। अच्छा चलो, अब हम चलें। मैंने आज कुछ सोचा है।"

लक्ष्मी, "क्या?"

"महाराज से कोई वर माँगूँगा। मुझे विश्वास है, मेरी सेवा देखकर वे दिये बिना न रहेंगे।"

लक्ष्मी ने फिर कटाक्ष किया, "निराधार स्यूनराज की आज यह दशा है!"

लक्ष्मी के इस कटाक्ष पर भील्लम ने ध्यान नहीं दिया। आगे कहा, "विलास का विवाह हो जाय, तो हम लोग अपने देश चलें।"

लक्ष्मी ने शंकित स्वर में कहा, "यह सूर्य कब उदय होगा?"

"होगा, तुम्हारे देखते-देखते होगा। अब चलो।" इसके पश्चात् तीनों ने मन्दिर से प्रस्थान किया।

"पिताजी, मैं मुंज को देखूँगी।"

"देखना बेटी, कल सवारी के समय अवश्य देखना।"

लक्ष्मी ने फिर कुछ कटाक्ष करते हुए धीरे से कहा, "यह बेचारी कहाँ देख

सकेगी? मृणाल कहेंगी कि ऐसी जिज्ञासा से तो इसका वैराग्य-व्रत टूट जायगा। उन्होंने तो सोलह वर्ष की एक विधवा और कन्या को समान समझ रक्खा है।''

भील्लम ने जरा कठोरता से कहा, ''यह क्या कह रही हो? कोई सुन लेगा, ध्यान है?''

विलासवती बोली, ''पिताजी, तुम मृणाल बहन से कहोगे, तो वे मान जायँगी।''

''हाँ, अवश्य कहूँगा।'' कहकर भील्लम मौन हो गया।

मृणालवती

मृणालवती जक्कलादेवी के साथ महल में गयी और कल की सवारी के लिए तैयारी करने का आदेश करने लगी।

मृणालवती इस समय सैंतालीस वर्ष की थी। तीस वर्ष पूर्व उसके पति की मृत्यु हो गयी थी और वह अपना वैधव्य-जीवन व्यतीत करती आ रही थी। तैलप उससे पाँच-छः वर्ष छोटा था। माँ की मृत्यु हो जाने के कारण, बड़ी बहन मृणालवती ने ही मातृ-स्नेह से उसका लालन-पालन किया था—पढ़ाया-लिखाया था, राज-काज सिखाया था और ओजस्विनी कथाएँ सुनाकर शूरवीर बनाया था। मृणालवती ने अपना जीवन, एक प्रकार से तैलप के जीवन-संघटन में ही लगा दिया था।

वयस्क होने पर तैलप सिंहासनासीन हुआ। मृणालवती ने राज्य-कार्यों में अपनी बुद्धि का उपयोग करना आरम्भ किया। राज्य-कार्यों में तैलप मृणालवती की तरह सुधी नहीं था। इसलिए कुछ ही समय में तैलंगण की सारी राज्यसत्ता मृणालवती को अपने हाथों में ले लेनी पड़ी। तैलप राज्य का संचालन करता, विग्रहों का शमन करता, देश-विदेश में अपनी आन प्रसारित करता; पर मृणाल के सामने सदा बच्चा ही बन जाता। बहन का एक भी शब्द वह कभी नहीं टालता। उसी की प्रेरणा से राज-काज चलाता। उसी के उत्साह से समरांगण में प्रवेश करता।

मृणालवती का स्वभाव बचपन में बड़ा स्नेहशील और रसिक था। ज्यों-ज्यों यौवन खिलने लगा, त्यों-त्यों उसके अन्तर में अनेक अज्ञात कामनाएँ जागरित होने लगीं। पर कुछ तो विधवा होने के कारण दबा देनी पड़ीं, कुछ राज्यसत्ता हाथ में होने के कारण शमित कर देनी पड़ीं, और कुछ तैलप के चरित्र को शुद्ध और सरल बनाने के विचार से नष्ट कर देनी पड़ीं। परिणामस्वरूप, मृणालवती को वैराग्य-जीवन की आदत पड़ गयी थी। धीरे-धीरे उसने अपने सुख और दुख का अनुभव करनेवाली कोमलता को सुखा डाला। आर्द्रता और करुणा को समूल उखाड़ फेंका। यह सब करने के लिए उसे भयंकर तप करना पड़ा। इस तप ने उसके हृदय को शुष्क और उसकी निश्चयात्मक बुद्धि को और भी निश्चल बना दिया।

उसका चरित्र बदलते ही संसार की ओर से भी उसका लक्ष्य-बिन्दु बदल गया। उसने सारे संसार को सुख-दुख के कीचड़ में लथ-पथ होते हुए देखा। उसको विश्वास होने लगा कि बिना अखण्ड वैराग्य के उसका उद्धार सम्भव नहीं है। राज्य में उसका अधिकार सर्वमान्य था; और उस अधिकार का उपयोग प्रजा के उद्धार के लिए न करना उसे बहुत बड़ा पाप मालूम हुआ। जिस प्रकार उसने अपनी कामनाएँ वशीभूत की थीं, जिस प्रकार अपना अशान्त हृदय स्वस्थ और कठोर बनाया था, उसी प्रकार प्रजा-जीवन में उछल रहे आनन्द, कामना और कोमलता को भी वशीभूत करने का उद्योग किया।

इस राजनीति का अनुसरण करके उसने आदेश पर आदेश निकाले। कवियों, नटों और गायकों को देश से निर्वासित कर दिया। आनन्दोत्सव बन्द करा दिये। प्रकटतः रोने-धोने पर भी उसने अंकुश लगा दिया। नगर और महल में कठोरता के साथ अनुशासन का प्रसार होने लगा। सब प्रकार के संयम शुष्क, नियमित और निष्कलंक होते गये। ऐसा वातावरण बन गया कि प्रेम, उत्साह, आनन्द और उत्सव आदि बड़े अपराध समझे जाने लगे।

प्रेमी-गण प्रकट में सहधर्माचारी बन गये। आनन्दमग्न कुटुम्ब यन्त्र-चक्र जैसे हो गये। शुष्क नियमों के कारण उत्सव-प्रसंग नीरस प्रतीत होने लगे। कवियों का स्थान तत्वज्ञानी और तपस्वियों ने ग्रहण कर लिया। नीति और नियम के उत्ताप से प्रजा-जीवन की आर्द्रता शुष्क हो गयी। स्नेह, आनन्द और उत्साह का उपभोग लोग एकान्त में बैठकर, राजसत्ता से डरकर अज्ञातरीत्या करने लगे।

जब तैलपराज का पुत्र सत्याश्रय अध्ययन की अवस्था को प्राप्त हुआ तो उसकी शिक्षा का भार मृणालवती ने अपने हाथ में ले लिया और धीरे-धीरे सत्याश्रय भी अपनी बुआ के आदर्शों के अनुसार अपना चरित्र विकसित करने लगा।

इस कठोर और अनुशासित जीवन का परिणाम बहुत ही अच्छा हुआ। तैलंगण का योद्धा-समुदाय कठोर, दृढ़ और भयंकर होता गया। तैलपराज ने बड़ी सरलता से दिग्विजय करना आरम्भ कर दिया। इस दिग्विजय की पहली बलि स्यून देश को होना पड़ा। भील्लमराज की टेक को उसने भंग कर दिया। युद्ध में उसे समाप्त कर देने के लिए उसने सतत चेष्टाएँ कीं, पर भील्लमराज के जीवन की डोरी लम्बी निकली। बन्दी बनाकर वह तैलंग की राजधानी मान्यखेट में लाया गया, पर तैलप उसे मार डालने में सफल न हो सका। मृणाल ने उसका पक्ष लिया और उसे नष्ट होने से बचाया; उसका राज-पाट दिलवा दिया और उसकी एकमात्र कन्या के साथ सत्याश्रय के परिणय का निश्चय कर लिया। परन्तु इस कृपा का भील्लमराज को बहुत बड़ा मूल्य चुकाना पड़ा। उसे अपने परिवार-सहित मान्यखेट में रहना पड़ा; तैलप का महासामन्त बनकर उसकी कीर्ति को बढ़ाना पड़ा और विलासवती को निष्कलंक-जीवन का पाठ पढ़ाने के लिए मृणालवती के अधीन कर देना पड़ा।

वैराग्य का आदर्श सिद्ध करनेवाली; विमल, कठोर और निश्चल नियमों को अपने और पराये जीवन में प्रेरित करनेवाली मृणालवती तैलंगण की अधिष्ठात्री देवी थी। ऐसे निर्द्वन्द्व हृदय में भी एक भाव के लिए स्थान था, और वह भाव था उसके भाई की कीर्ति।

बचपन से मृणालवती ने तैलप को उत्साहित करने और साहसी बनाने के अनेक प्रयत्न किये थे और उन प्रयत्नों से तैलप ने जो कीर्ति अर्जित की थी, मृणाल उसे अपनी ही कीर्ति समझती थी और उस कीर्ति के मार्ग में रोड़े अटकानेवाले को कुचल डालने के लिए वह अपनी प्रभावशालिनी निश्चयात्मिका बुद्धि का उपयोग किया करती थी।

मुंजराज तैलप की कीर्ति के लिए राहू के समान था। पन्द्रह-सोलह बार उसने तैलप को धूल चटायी थी, और इससे अकुलाकर तैलप ने कई बार अधीन राजाओं की तरह कर देकर, शान्तिपूर्वक राज्य-भोग करने की इच्छा प्रकट की थी। परन्तु इस इच्छा के अंकुर मृणाल के निश्चल निश्चय के सामने उत्पन्न होते ही कुम्हला जाते थे। वस्तुतः मुंज और तैलप के विग्रह में, मुंज और मृणाल की प्रबल इच्छाशक्तियों का दारुण द्वन्द्व चल रहा था।

अन्त में मृणाल जीती, मुंज हारा। यह विचारते हुए मृणाल के शुष्क, वैराग्य-विलासी हृदय में सन्तोष और गर्व का संचार हो आया, जैसे निर्जन एकान्त में शीतल, मन्द और मृदुल वायु का झोंका आ गया हो। मुंज भरतखण्ड में 'पृथ्वीवल्लभ' के नाम से पुकारा जाता था और उसी पृथ्वीवल्लभ को मृणाल ने अपना दासानुदास बना लिया था, इससे बढ़कर सन्तोष की बात और क्या हो सकती थी?

जक्कलादेवी के साथ मृणाल जब महल को वापस लौटी तो उसके हृदय में इस प्रकार के विचार अस्पष्टरीत्या उत्पन्न हो आये। महल में आकर उसने सवारी की तैयारी का आदेश दिया और नगर के सामान्य नियमों का उल्लंघन कर किस प्रकार सवारी की धूमधाम की जाय, इसकी योजना बनाने के लिए नगर के प्रतिष्ठित व्यक्तियों को बुला भेजा।

इसी समय भील्लम, लक्ष्मीदेवी और विलास आ पहुँचे। भील्लम के मुख पर खिन्नता थी, लक्ष्मीदेवी के मुख पर अदृष्ट तिरस्कार था, किन्तु विलास ज्यों-की-त्यों शान्त और मृदुल दिखलाई पड़ रही थी।

भील्लम ने पूछा, "बहन, तैयारी का आदेश दे चुकीं?"

मृणाल ने जरा कठोरता से पूछा, "क्यों?"

"हम पृथ्वीवल्लभ को ले आये हैं, तैयारी उसके योग्य ही होनी चाहिए।"

क्षण-भर के लिए मृणाल की तेजोद्दीप्त आँखों में तीक्ष्णता आ गयी। उसने कहा, "महासामन्त!..." किन्तु दूसरे ही क्षण शान्त होते हुए वह बोली, "अब पृथ्वी का वल्लभ बदल गया है।"

भील्लम ने हँसकर कहा, ''तो इसकी प्रसन्नता में भी हमें उत्सव मनाना चाहिए।''

मृणाल ने भौंहें सिकोड़ते हुए कहा, ''तुम लोगों को सदैव आनन्द-उत्सव मनाने की ही पड़ी रहती है। कब तुममें सुबुद्धि आयगी?''

भील्लम ने साहस करके कहा, ''बहन, यह प्रसंग कोई साधारण प्रसंग नहीं है।''

भील्लम की इस बात से चकित मृणाल ने उसकी ओर दृष्टि उठाकर देखा। भील्लम के मुँह की ओर देखकर जब मृणाल को यह अनुभव हुआ कि यह अपनी विजय गर्व कर रहा है, तो उसके हृदय में भील्लम के प्रति बड़ा तिरस्कार उत्पन्न हुआ; पर उसने इस भाव को दबाकर पूछा, ''क्यों?''

''मुंज जैसा नर-रत्न पृथ्वी पर सैकड़ों वर्षों में कोई एक ही हो सकता है, हजार वर्षों में दिखाई भी दे सकता है; परन्तु दस हज़ार वर्षों में भी यों पकड़े जाते नहीं देखा जा सकता।''

तिरस्कार-भरे, शान्त, स्थिर नयनों से मृणाल यह प्रशंसा सुनती रही। फिर बोली, ''तुम आज बहुत अस्वस्थ मालूम हो रहे हो।'' मृणाल ने इस प्रकार कहा, जैसे नंगी तलवार हाथ से गिरकर झनझना उठी हो।

और कोई समय होता, तो भील्लम चुप रह जाता; परन्तु अपनी विजय और लक्ष्मीदेवी के कठोर वचन उसके हृदय में बेहद साहस उत्पन्न कर रहे थे। उसने कहा, ''क्यों नहीं? चौरासी योनियों में बड़े भाग्य से ही ऐसे नर सिंह को अकेले हाथों पराजित करने का अवसर मिल सकता है।''

तिरस्कारपूर्ण हँसी हँसते हुए मृणाल ने कहा, ''महासामन्त, यह अहं-भाव ही सारे पापों का मूल है।''

सिंहनी की तरह मृणाल के इस भीषण स्वर ने भील्लम के वीर हृदय में भी आतंक उत्पन्न कर दिया।

''परन्तु बहन, तुम्हें एक काम तो अवश्य करना पड़ेगा।''

''क्या?''

''कल सवारी देखने अवश्य आना होगा।''

''मैं?''

मृणाल ने इस ''मैं'' का उच्चारण इस प्रकार किया, जैसे वह सामान्य मनुष्य-जाति से निकलकर किसी ऊँचे पद पर पहुँच गयी हो।

''हाँ, कल की-सी प्रसंग फिर अनेक जन्मों में भी नहीं उपस्थित होगा। मुंज के पकड़े जाने का श्रेय तुमको है; अतएव बहन, तुमको अवश्य ही आना चाहिए।''

ज़रा हँसते हुए मृणाल ने कहा, ''नयनों को संतोष देने का प्रायश्चित मुझे कितना करना पड़ेगा?''

"तुम अपनी जिज्ञासा को सन्तोष देने थोड़े ही आओगी? इससे तो लोगों को सन्तोष मिलेगा।"

"भील्लमराज, पाप करने और पाप कराने में मैं कोई भेद नहीं समझती। फिर भी मैं रात को विचार करूँगी।"

"इस विलास को भी सवारी दिखाना है।"

मृणाल ने भौंहें सिकोड़ते हुए कहा, "महासामन्त, तुम इस लड़की को बिगाड़ डालोगे।

विलास की ओर दृष्टि फेरते हुए मृणाल ज़रा कठोरता से बोली, "तूने सवारी नहीं देखी? सेना नहीं देखी? तैलपराज को नहीं देखा? यह सब देखने की इतनी उत्कण्ठा है?"

भील्लम ने कहा, "परन्तु यह बेचारी मुंज को कब देखेगी?"

रोमांच उत्पन्न करनेवाले तिरस्कारपूर्ण शब्दों में मृणाल ने कहा, "मुंज में ऐसा देखने योग्य है क्या? वही हड्डियों का पिंज़र, वही चमड़ा, वही नरक की बनी हुई देह!"

भील्लम ने हँसते हुए कहा, "परन्तु बहन, वह हड्डियों का पिंजर कुछ और ही है।"

"क्या?"

"उसका-सा रूप मैंने कभी नहीं देखा।"

"रूप! रूप! क्या कह रहे हो? सीधी और टेढ़ी नाक में क्या अन्तर? छोटी और बड़ी आँख में क्या भेद? आखिर सभी तो जलकर भस्म हो जायँगे। मुंज रूपवान है, तो उसके जलने में क्या कुछ विलम्ब होगा?"

"बहन, तुम देखोगी, तो शांत हो जायगा। मैं कवि नहीं हूँ।"

मृणाल ने हँसते हुए कहा, "अच्छा हुआ; नहीं तो निर्वासित करना पड़ता।"

"परन्तु जो न हो, उसे भी..."

"महासामन्त, बस..."

"जो आज्ञा। परन्तु विलास..."

मृणाल के चेहरे पर पुनः कठोरता छा गयी। उसने कहा, 'विलास! अच्छा, मैं आऊँगी तो उसे भी साथ लाऊँगी, ठीक है न?" कहकर मृणाल उन्मत्त-सी वहाँ से चली गयी।

भील्लमराज ने अपनी स्त्री की ओर मुड़कर कहा, "देवी, कल विलास को सवारी देखने का अवसर मिलेगा।"

"कैसे समझ लिया?"

"मृणाल आये बिना न रहेगी।"

विलास ने पूछा, "पिताजी, मुंज कवि है?"

"कवियों का कवि है। सभी लोग यह कहते हैं कि उसकी सेना में भी कवि हैं।"

लक्ष्मीदेवी का क्रोध अभी शान्त नहीं हुआ था। विलास ने लक्ष्मीदेवी से पूछा, ''माताजी, कवियों को लोग क्यों धिक्कारते हैं?''

''अपने पिताजी से पूछो। जब वे राजा थे, तब अनेक कवियों को रखा करते थे।''

भील्लम ने एक ठण्डी साँस लेते हुए कहा, ''जा बेटी, मृणाल अप्रसन्न होंगी। मैं तुझे दिखलाऊँगा। कल बहुत-से कवि आयँगे।''

विलास ने भी एक ठण्डी साँस ली और वहाँ से चली गयी।

भील्लम ने लक्ष्मीदेवी को लक्ष्य करके कहा, ''देवी, जले को क्यों जलाती हो?''

लक्ष्मी ने निकट आकर भील्लम के कंधे पर हाथ रखा और स्नेहपूर्वक कहा, ''महाराज, देखती आँखों तो आप पृथ्वीवल्लभ के भी वल्लभ हो गये; फिर भी पराधीन से पराधीन बने हुए हैं।''

''परन्तु बार-बार ऐसा कहने से क्या मेरी पराधीनता कम हो जायगी?''

''नहीं; किन्तु महाराज के बजाय महासामन्त नहीं रह जाओगे। इस लड़की का विवाह हो जाय, फिर आपको यह पराधीनता छोड़ ही देनी होगी।'' बहुत ही धीरे से लक्ष्मीदेवी ने कहा और दोनों जने चुपचाप वहाँ से चल पड़े।

मृणालवती नहा-धोकर ध्यान करने के लिए बैठी; किन्तु चित्त को स्थिर करने में कुछ समय लगा। उसने अपने आपको धिक्कारा कि वह स्वयं दूसरे लोगों की तरह इस विजय से अधीर एवं अस्वस्थ हो गयी है। आखिर वह बड़े प्रयत्न से ध्यानावस्थित हुई।

ध्यान कर लेने के बाद वह सोचने लगी कि कल सवारी देखने जाय, या नहीं। वह स्वयं सामान्य नर-नारियों की तरह ऐसे प्रसंग पर उत्साहित होकर सवारी देखने को निकले? क्या उसे देखने का शौक पैदा हो गया है? थोड़ी देर बाद ऐसा लगा कि यह केवल सवारी देखने की ही इच्छा नहीं है।

तो क्या मुंज को देखने की इच्छा हो रही है उसे? उसके भाई के गौरव को नष्ट करनेवाले शत्रु को, आर्यावर्त्त में अप्रतिम कहे जानेवाले नरेश को देखने का मन सबका हो सकता है; परन्तु उसे किसलिए हो? उसके विरागी हृदय को यह क्या हो गया है? वह हँस पड़ी। ऐसी क्षुद्रता का परित्याग तो वह कभी का कर चुकी है।

तो फिर किसे देखने जायगी वह? तुरन्त प्रेरणा हुई, कारण समझ में आ गया—वह स्वयं इस देश के राज-काज की विधात्री है। ऐसे प्रसंग पर वह अदृष्ट रही, तो विधात्री के धर्म से भ्रष्ट हो जायगी। यह कारण सही है या नहीं, इस विषय पर उसने बहुत सोचा-विचारा और अन्त में इस निर्णय पर पहुँची कि इसका कारण सत्य है, शुद्ध है। उसने सवारी देखने का निश्चय कर लिया।

पृथ्वीवल्लभ

मृणालवती सवारी का जलसा देखने आयगी, और आनन्द-उत्सवों पर लगाये गये अंकुश इस प्रसंग पर हटा लिये जायेंगे—जब यह बात नगर में फैल गयी, तब लोगों में बड़ा उत्साह छा गया। अनेक वर्षों का दबा हुआ स्नेह छलछला उठा और अदृष्ट हुआ आनन्द दिखाई देने लगा। दूसरे दिन प्रातःकाल घरों की छतों पर और खिड़कियों में हँसते-खेलते और आनन्द-उत्सव मनाते स्त्री-पुरुष दिखाई पड़ने लगे। राजमहल की अटारी पर, रंग-बिरंगे वस्त्रों से सजी हुई स्त्रियाँ शोभायमान थीं। उन सबके चेहरों पर एक अकल्पित आनन्द था। दीर्घकाल के बाद होनेवाले इस उत्सव को देखकर उनके हृदय प्रफुल्लित हो रहे थे। जब सवारी राजमहल के मार्ग पर आ गयी, तो एक दासी तुरन्त अन्दर गयी और सब स्त्रियाँ शान्त होकर, वस्त्राभूषणों को ठीक करके, भीतरी द्वार की ओर आतंकपूर्ण दृष्टि से देखने लगीं।

मृणालवती बाहर अटारी में आ बैठी। आज उसने वल्कल त्यागकर सादे सफेद वस्त्र पहने थे। उसकी धनुषाकार भौंहों से ढँकी बड़ी-बड़ी आँखें आज स्थिर और कठोर थीं। होंठ दृढ़ता से भिंचे हुए थे। उसका विद्रूप चेहरा, इस कठोरता से और अधिक विद्रूप हो रहा था और उसे इस दशा में देखकर पास खड़ी हुई स्त्रियाँ रोमांचित हो रही थीं। जक्कला, लक्ष्मी और विलास मृणाल के पीछे आकर बैठ गयी थीं। विलास ने भी आज सफेद वस्त्र धारण किये थे। उसका पतला छरहरा शरीर इन वस्त्रों में चन्द्रकला की भाँति मनोहर प्रतीत हो रहा था। उसके चेहरे पर जो उत्साह था, उससे यह साफ प्रकट हो रहा था कि बहुत दिनों बाद उसने इस आनन्द का अनुभव किया है!

नगाड़े के नाद और शहनाइयों के स्वर से गगन गूँज उठा। सवारी आ पहुँची थी।

सबसे पहले नगाड़ेवाली साँड़नियाँ आयीं और फिर विजय-नाद करती हुई पैदल सेना। उसके बाद घुँघरुओं की रुनझुन करते घोड़ों पर बैठे सवार आनन्दोन्मत्त होकर भाले नचाते हुए आ पहुँचे।

उनके पीछे खिन्न मुख मालवीय योद्धा-गण आये। उनके हाथ पीठ-पीछे बँधे हुए थे, वस्त्र और कवच रक्त से सने थे, उनके सिर से शिरस्त्राण और हाथों में से शस्त्र छीन लिये गये थे। जिन योद्धाओं ने कुछ ही महीने पहले मान्यखेट पर विजय प्राप्त की थी, इस समय वे बन्दी और निस्तेज बने हुए थे और आयुध-धारी तैलंगी योद्धाओं के विनोद की सामग्री बने तैलप सेना की शोभा बढ़ा रहे थे।

इन योद्धाओं की कतार समाप्त होने पर शिरस्त्राण और कवच धारण किये हुए घुड़सवार, तैलंगी भट्टराज और पीछे तैलपराज के सामन्त एक-के-पीछे-एक आने लगे। सामन्त-सरदारों की उस कतार के समाप्त होते ही सब लोगों ने देखा कि सौ-डेढ़ सौ

शस्त्र-सज्जित बन्दी-जन पैदल चले आ रहे थे। मृणालवती की नीरसता ने देश से कवियों को समूल उखाड़ डाला था; परन्तु भाट-चारणों को राजकार्यों से बिलकुल अलग नहीं कर दिया था। ये वीर बन्दी-जन विजयोल्लास से हँसते हुए चल रहे थे।

उनके पीछे पचास-साठ बन्दी सादे वस्त्रों में आये। वे योद्धा नहीं लग रहे थे। उनके चेहरे सुकुमार थे और चाल धीमी थी।

जैसे ही ये लोग महल के सामने पहुँचे, लक्ष्मीदेवी ने विलास का ध्यान आकर्षित करते हुए कहा, ''देखो, वे कवि हैं।'' मृणालवती ने लक्ष्मी की बात सुन ली। उसने कठोरता से पूछा, ''क्या कहा?''

''बहनजी, ये मुंजराज के कवि हैं।''

''तुमसे किसने कहा?''

''महासामन्त ने।''

मृणालवती ने तिरस्कारपूर्वक कहा, ''युद्ध में भी पृथ्वीवल्लभ कवियों के बिना न रह सका? इन मनुष्यों का उपयोग'' विलास दम साधकर एकटक उन नये मनुष्यों को देखने लगी। कवियों के विषय में उसने चोरी-छुपे बहुत-कुछ सुना था। मृणाल उन्हें धिक्कार रही थी। इससे उसकी जिज्ञासा और बढ़ गयी। कवियों को आज सदेह देखकर विलास के मन में कुछ आनन्द हुआ; परन्तु इस आनन्द को उसे अपने अन्तर में ही लीन कर लेना पड़ा। विलास को ऐसी ही बान पड़ गयी थी।

सवारी आगे बढ़ी। कवि-समुदाय के पीछे डंके निशान के साथ नंगी तलवार और भाले लेकर चलते हुए दो सौ सैनिकों का समूह आया। सबके बाद तैलपराज का हाथी झपटकर आता हुआ दिखाई दिया। उस पर तैलप और भील्लम दोनों बैठे हुए थे। उन्हें देखकर जनता ने जय-जयकार करते हुए हर्ष प्रकट किया। किन्तु राजमहल की अटारी पर एकदम मौन छाया हुआ था।

मार्ग में एक स्वर से जन-समूह का जय-नाद सुनाई पड़ने लगा--'तैलप महाराज की जय!' सब बड़े ध्यान से देखने लगे। सैनिकगण तैलप के हाथी को चारों ओर से घेरकर चल रहे थे। केवल एक गली-जैसा मार्ग शेष था और उस पर एक ही बन्दी चल रहा था। लोग टकटकी लगाये देख रहे थे। क्या यही मालवे का मुंज है?

ज्यों ही सैनिकगण मार्ग के दूसरे किनारे पर पहुँचे कि मृणाल ने कहा, ''देखो, यही मुंज है।'' उसके स्वस्थ हृदय में गर्व की एक लहर आ गयी; उसके मुख पर सन्तोष छा गया। मृणाल का यह आनन्द देखकर सबमें साहस आ गया। जक्कला बोली, ''आज शान्ति मिली। इस पापी ने इतने वर्षों चैन न लेने दिया।''

मृणाल ने होंठ चबाते हुए कहा, ''तैलप ने भी इसे कहाँ चैन से बैठने दिया है? आज इसकी कीर्ति भी धूल में मिल गयी।''

विलास ने पूछा, ''बिचारे मुंजराज को इस प्रकार नंगे पैरों क्यों घसीटा जा रहा है?''

लक्ष्मी ने कहा, "यह भाग्य का भोग है।"

जक्कला ने कहा, "अनेक वीरों की मृत्यु का यह बदला है।"

मृणालवती ने कठोरता से कहा, "जक्कला, इसमें बदले की बात नहीं है। सत्य की ही विजय होती है। यह असत्य का अवतार था; अतएव पराजित हुआ।"

लक्ष्मीदेवी ने पूछा, "तो बहन, यह बड़ा पापी है?"

मृणालवती ने आँख उठाकर देखा कि लक्ष्मी कहीं व्यंग्य तो नहीं कर रही; परन्तु उसका निर्दोष मुख देखकर उसने उत्तर दिया, "हाँ, पापी है। इसका-जैसा कलंकी पुरुष धरती पर दूसरा नहीं है। इसके छू जाने-भर से सात पीढ़ियाँ नरक में जायँगी।"

"ओह, ऐसी बात है! परन्तु देखिए तो सही, कैसा दिख रहा है!"

धीरे-धीरे मुंज महल के नीचेवाले मैदान में आ पहुँचा। मृणालवती ने कठोरता से कहना शुरू किया, "मनुष्य जैसा..." मृणाल आगे न बोल सकी। शब्दावली अधूरी रह गयी। वह निश्चल और प्रमत्त नयनों से मुंज को देखने लगी।

सैनिकों से घिरे हुए मैदान में वह अकेला खड़ा था। उसके शरीर पर पड़ी धोती और पीठ-पीछे बँधे हुए हाथों में हथकड़ी के सिवा कोई वस्त्राभूषण न था। तो भी जो उसे देखता, देखता ही रह जाता।

चारों ओर खड़े हुए सैनिक उसके सामने बालक-से मालूम होते थे। ऐसा दिखाई देता था, मानो विजयी सेना उसी की कीर्ति और शोभा की वृद्धि कर रही है।

उसका शरीर सुगठित और प्रचंड था। उसका मुख मोहक और तेजस्वी था। लम्बे काले बाल, सुरसरी-जल की तरह उसके शंकर-जैसे विशाल कन्धों पर गिरकर तेजोद्दीप्त चेहरे को और भी अधिक आभावान बना रहे थे। डसने के लिए पीछे खिंचे हुए फणधर के फण की तरह पुष्ट गल-प्रदेश और पीछे झुकाया हुआ उसका मस्तक, गर्व और लापरवाही से जगत का तिरस्कार करते हुए प्रतीत होते थे। हाथों के पीछे जकड़े रहने के कारण, उसके विशाल वक्षस्थल के संगमरमर जैसे चिकने और स्पष्ट स्नायुवाले भाग दैवी वक्षस्त्राण की पूर्ति कर रहे थे; और अपनी दुर्धर्षता और प्रताप दिखाकर मानो जगत को डरा रहे थे। उसके सुगठित पुष्ट पैर, धरती को कँपाते हुए स्तम्भ की तरह, कमर के ऊपरी शरीर को धारण किये हुए थे।

इतना बलवान शरीर होते हुए भी केवल स्नायुओं की समृद्धि में ही उसकी अपूर्वता समाप्त नहीं हो गयी थी। वह शरीर किसी मनुष्य का नहीं दिखाई देता था, ऐसा लगता था मानो शारीरिक अपूर्वता का कोई स्वप्न हो और अंग-अंग से दिव्यता टपक रही हो। वह धीरे-धीरे पैर उठाता था, जैसे मत्त गजेन्द्र। उसके मुँह पर जरा भी क्षोभ और खिन्नता नहीं थी। मृणाल ने दृष्टि गड़ाकर सब देखा; उसके क्रोध का पार नहीं रहा। वह उन्मत्त हो गयी। मुंज के व्यक्तित्व से प्रकट हुए प्रताप के समक्ष उसे ऐसा ज्ञात होने लगा मानो वह बड़ी अधम है; भाई तैलप की राज सत्ता उससे कहीं

क्षुद्र है और यह विजय वास्तव में मुंज की ही विजय है। उसने अपने अंगारे के समान जलते हुए नेत्रों को शान्त किया, होंठों को दृढ़ किया और उक्त विचार को हँसकर दूर करते हुए एकटक उसे देखती रह गयी।

राजमहल के आगे सवारी ज़रा ठहर गयी। मृणाल जिस अटारी में बैठी थी, ठीक उसी के नीचे मुंज एक पैर आगे बढ़ाकर, सारी सेना को एक ही दृष्टिपात से अधमता का अनुभव कराते हुए, सवारी के आगे बढ़ने की प्रतीक्षा करते हुए दृढ़ता से खड़ा हो गया।

विलास से अब न रहा गया। वह बोली, "बहनजी, कैसा अद्‌भुत पुरुष है!"

विलास के ये धीमे शब्द भी नीचे पहुँच गये। आँखों पर लहराते हुए लम्बे-लम्बे केशों को सिर पर उछालकर पीछे डालते हुए मुंज ने ऊपर देखा। ऊपर देखकर अटारी में खड़ी हुई रमणियों की ओर दृष्टिपात किया। सब स्त्रियाँ स्तब्ध हो गयीं। कई घबराकर दीवार और स्तम्भ से चिपट गयीं।

मुंज ने एक सर्वग्राही दृष्टि विलास पर डाली, फिर प्रत्येक सुन्दरी की ओर देखा; और अन्त में मृणाल पर दृष्टि ठहराकर हँस पड़ा। अचानक निर्मल आकाश में उदय हुए सूर्य की तरह मुंज के सुन्दर चेहरे को देखकर मृणाल सबकुछ भूलकर उसे एकटक देखती रह गयी। उसे केवल इतना ही भान रहा कि उस मुँह पर एक भी रेखा अपूर्ण न थी। एक भी भाव का अभाव न था। विशाल भाल की स्फटिक-सी निर्मलता, बड़ी और तेजस्वी आँखों में से टपकती हुई मधुरता, सुन्दर लुभावने होंठों की हास्यमयी मोहकता और चेहरे पर हँसती हुई स्पष्ट विजय ही उसने देखी। उस दिव्य मुख पर काव्य की मधुरिमा थी। उस हास्य में पुष्पधन्वा का सच्चा शर-सन्धान था। सब स्त्रियाँ प्रमत्त हो गयीं। क्षण-भर के लिए मृणाल भी स्तब्ध हो उठी। सवारी आगे बढ़ी। मुंज ने फिर ऊपर देखा और एक हास्य-बाण छोड़कर आगे चलने लगा। किसी ने तैलपराज को नहीं देखा। किसी ने महासामन्त की ओर दृष्टि नहीं उठाई। नीची दृष्टि किये दूर जाते हुए पृथ्वीवल्लभ की पीठ की ओर ही सब देखते रहे।

मृणाल सबसे पहले स्वस्थ होकर खड़ी हो गयी और सबके खोये हुए हृदय फिर वापस आ गये। सब स्त्रियाँ मृणाल की प्रखरता को भूलकर मुंज की प्रशंसा करने लगीं। न जाने किस कारण मृणाल के मुख पर भयंकर कठोरता छा गयी।

लक्ष्मी ने कहा, "बहनजी, जो बात महासामन्त कहते थे, वह वास्तव में ठीक है। सचमुच वह 'पृथ्वीवल्लभ' है।"

मृणाल लक्ष्मी की ओर क्षण-भर के लिए स्थिर नयनों से देखती रही। फिर तुरन्त ही कठोर स्वर में बोली, "लक्ष्मी, सच्चा 'पृथ्वीवल्लभ' तैलपराज है।"

विलास बोल उठी, "परन्तु क्या रूप है?"

मृणाल ने कुपित होकर ज़ोर से विलास का कान ऐंठ दिया और कहा, "क्षण-

भर में ही सब भूल गयी? मैंने पहले ही कहा था कि ऐसी जगह बालकों को न ले जाना चाहिए। साधारण-सा रूप देखकर ही तुम इस प्रकार बौरा जाओगी, तो तुम्हारा कल्याण कैसे होगा? देखो—मुझे क्यों नहीं कुछ होता? जाओ, सब जाओ। तुम्हारे मन में यदि इस आनन्द का तनिक भी विकार आ गया हो, तो जाओ, प्रायश्चित्त करो।''

सिंहनी की गर्जना पूरी हुई और घबराई हुई हरिणियाँ तुरन्त भाग गयीं।

वरदान

मृणालवती वहाँ से दृढ़तापूर्वक चली गयी। उसे इस समय अपने वैराग्य की पूर्णता का ध्यान आया। मुंज में रूप और तेज की कमी न थी, इससे साधारण प्राणी मोह में आ सकता है; पर वह कैसी है? ज्यों-की-त्यों अचल, स्वस्थ और सात्विक?

उसके अन्तर में किसी ने प्रश्न किया, ''क्षणभर के लिए तू क्यों स्तब्ध हो गयी थी?''

विस्मित होकर मन-ही-मन उसने स्वयं को उत्तर दिया, ''मैं? मैं तो केवल अपने भाई के शत्रु को देख रही थी। मेरे हृदय में कोई विकार उत्पन्न नहीं हुआ था। मैं केवल यही निरीक्षण कर रही थी कि मनुष्य अधमता की गहराई में पहुँचकर कैसा दिखने लगता है। स्तब्ध! मैं स्तब्ध होऊँगी? वह तो एकाग्रता थी। विवेक भ्रष्ट होने पर ही मनुष्य स्तब्ध हो सकता है। इस प्रकार सोचती हुई वह अपनी पूर्णता के गर्व से फूल उठी।

नगाड़े की गड़गड़ाहट से उसने जाना कि सवारी उतर गयी है। धीरे-धीरे वह राजमहल के द्वार की ओर चली। इस अप्रतिम विजय-गर्व की खुमारी अब उतर चुकी थी और उसे ऐसा लग रहा था मानो वह बहुत कुछ स्वस्थ हो गयी है। उसे सन्तोष हुआ। यह उसके वैराग्य की निश्चलता थी; किन्तु क्या उसके हृदय में एक अस्पष्ट खिन्नता चुटकियाँ नहीं ले रही थी? पर उसने हँसकर यह विचार ही उड़ा दिया। वह सोचने लगी—तीस वर्ष के अभ्यास से निर्विकार हुए हृदय में खिन्नता कैसी?

जब वह द्वार के सामने पहुँची, तब वहाँ एकत्र हुए राजपुरुषों के समूह में शान्ति छा गयी। मौन भाव से सभी तैलंगण की भाग्य-विधात्री की स्वस्थ, कठोर, सादी; किन्तु भयंकर मूर्ति की ओर देखने लगे। उसकी आँखों और चेहरे के भाव, सबके लिए ईश्वरेच्छा जानने के साधन थे।

वह आयी। तैलपराज ने आकर उसे साष्टांग प्रणाम किया और उसके चरणों की रज अपने मस्तक पर चढ़ाई।

तैलप का रूप और उसके शरीर का गठन मृणाल-जैसा ही था। केवल चेचक के

दाग उसके चेहरे पर न थे। शरीर की एक-एक रेखा पौरुषपूर्ण, स्पष्ट और माधुर्यहीन थी। आँखें जरा छोटी और धँसी हुईं। मृणाल के चेहरे पर कठोरता थी और तैलप के चेहरे पर क्रूरता।

तैलप गणक-बुद्धिवाला, कठोर हृदय का और बड़ा चुस्त-चालाक था। मृणाल की शिक्षा के प्रताप से उसमें आर्द्रता का नाम भी नहीं रह गया था। जिस मृणाल ने उसे माता की तरह पाला-पोसा, पिता की तरह लिखाया-पढ़ाया, शिक्षित किया और अधिष्ठात्री देवी बनकर चक्रवर्ती सम्राट बनाया, केवल उसी के लिए, उसके हृदय में अथाह प्रेम और असीम सम्मान था। उसकी बुद्धि और पवित्रता में अचल श्रद्धा थी।

प्रणाम करके उठते हुए तैलप से मृणाल ने कहा, "रण-रंग-भीम, सौ शरद जियो और सच्चे पृथ्वीवल्लभ बनो।"

"आपका आशीर्वाद!" कहकर तैलप खड़ा हुआ और पीछे खड़े हुए भील्लमराज की ओर देखकर बोला, "बहन, महासामन्त को भी आशीर्वाद दो; आज इनके प्रताप से ही मैं जीवित रहकर मुंज को बंदी बना सका हूँ।"

मृणाल ने तनिक हँसते हुए कहा, "भील्लमराज ने यह बात बहुत पहले ही मुझसे कह दी है। इनको सदा ही मेरा आशीर्वाद है। ये दीर्घजीवी हों और तैलपराज के सामन्तों में अग्रस्थान भोग करें।"

भील्लम ने होंठ चबाते हुए, लेकिन विनत होकर पद-स्पर्श किया।

मृणाल ने कहा, "अच्छा चलो, कवच उतार डालो और स्वस्थ हो लो।" यह कहकर वह तैलप को अन्दर ले चली।

तैलप ने मुड़कर कहा, "भील्लमराज, तुम भी चलो, ज़रा काम है।" भाई-बहन आगे और सामन्त पीछे, इस प्रकार तीनों मौन धारण किये हुए अन्तःपुर में चले गये। धीरे-धीरे सब लोगों का समूह बिखर गया।

अन्तःपुर के एक खण्ड में मृणाल की मर्यादा से नवोढ़ा बनी हुई, प्रौढ़ा जक्कला देवी केवल नेत्रों से आनन्द और उत्साह प्रकट करती हुई पति की प्रतीक्षा कर रही थी। तैलप ने अपना कवच और आयुधों को एक-एक करके उतारा। रानी मौन-मुख उन्हें ले गयी। फिर उसने अपने स्वामी का सत्कार किया। उसके सत्कार से निवृत्त होकर तैलप तकिये के सहारे बैठी हुई मृणाल के निकट आ बैठा। भील्लम भी पालथी मारकर सामने बैठ गया। जक्कला ने आतुर आँखों से वहाँ ठहर जाने की आज्ञा चाही; पर न मिली। वह चली गयी।

"बताओ बहन, मुंज का अब क्या किया जाय?"

उत्तर देने के पहले मृणाल ने क्षण-भर के लिए भूमि की ओर देखा और इस क्षण-भर में ही मुंज का प्रतापी और हँसता हुआ मुख-मण्डल चित्र की तरह उसकी आँखों के सामने आ गया।

दूसरे ही क्षण दाँत पीसते हुए मृणाल ने कहा, ''क्या किया जाय? उस पापी को कठोर-से-कठोर दण्ड देना चाहिए।''

तैलप के धँसे हुए क्रूर नयनों में विष व्याप्त हो गया। उसने दृढ़ता से कहा, ''तो कल उसका वध कराया जाय?''

आँखों से अग्नि-वर्षण करते हुए मृणाल ने उत्तर दिया, ''वह कोई साधारण शत्रु नहीं है। तुम्हें सताने में उसने शेष ही क्या छोड़ा? सबके देखते हुए तुम्हारे देश की स्त्रियों का सुहाग लूटा; अवन्तिका में अनेक बार तुमसे पैर धुलवाये और तुम्हारी और मेरी कीर्ति को कलंकित करने के लिए अनेक काव्य रचे और रचवाये। उसे तो दुख दे-देकर मारना चाहिए। तभी बदला चुकेगा।''

तैलप ने कुछ सोचते हुए कहा, ''तो क्या किया जाय बहन?''

मृणाल ने पूछा, ''तुम्हारा क्या विचार है, भील्लमराज?''

भील्लमराज ने सरलता से संक्षेप में कहा, ''बहन, बन्दी बनाए गये राजा का वध करने में मुझे कोई बड़प्पन दिखाई नहीं देता। उसे दुख दो, कष्ट दो, परन्तु उसका सिर सर्वदा अ-स्पर्श्य समझो।''

तैलप जरा तिरस्कार भाव से बोला, ''महासामन्त, वध तो वध ही है। चाहे वह युद्ध में हो, या शूली पर। मुझे दोनों में कोई अन्तर नहीं दीखता।''

दोनों की बातें सुनकर मृणाल ने अपने हृदय की भयंकरता छिपाते हुए बड़ी शान्ति से कहा, ''नहीं भाई, मुझे महासामन्त की बात बहुत उपयुक्त मालूम होती है। वध करने से क्या लाभ होगा? उसका पहाड़ जैसा शरीर क्षीण हो जाय, उसकी आँखें निस्तेज हो जायँ, उसके होंठों का हास्य उड़ जाय, उसके शरीर पर दीनता छा जाय और तुम्हारी और मेरी अनुकम्पा के लिए अनुनय-विनय करते-करते उसकी जीभ घिस जाय, उसका गर्व गल जाय, तभी सोलह-सोलह बार हुई पराजय का बदला लिया जा सकता है।''

तैलप के मुख पर सन्तोष छा गया। उसने कहा, ''ठीक है बहन, परन्तु लोगों का कहना है कि उसका गर्व गलित करना सहज नहीं है।''

मृणाल ने तिरस्कार भाव से कहा, ''यह सब कहने की बातें हैं। मैं देख लूँगी कि उसका गर्व कैसे रहता है।''

तैलप ने चकित होकर कहा, ''तुम?''

''हाँ, मैं। अवन्तिका में बैठे-बैठे उसने मेरे लिए कुछ कम कहा और कहलवाया है? अब मैं देख लूँगी, वह हमारे सामने क्या कहने का साहस करता है। उसे कहाँ रखा गया है?''

''राजमहल के तहखाने में।''

''ठीक है। मैं संध्या-समय उससे मिलूँगी।''

''मैंने कार्त्तवीर्य को भेजकर उसके सामन्तों से पुछवाया है कि उन्हें हमारी

अधीनता स्वीकार है या नहीं? यदि स्वीकार न करेंगे, तो कल उनका वध करा दूँगा। अन्य योद्धाओं को भी कल समाप्त करूँगा।"

"ठीक है।"

तैलप ने भील्लमराज की ओर आकृष्ट होकर कहा, "भील्लमराज, इस समय बहन भी बैठी हुई हैं। बताओ, क्या वरदान चाहते हो? जो चाहो, इस समय मिल सकता है। तुम्हारी सेवा के बदले जो भी दे सकूँगा, थोड़ा होगा।"

भील्लभ ने जरा धीरे-धीरे कहा, "महाराज, यह तो आपका सौजन्य है; परन्तु मैंने जो कुछ किया, वर और पुरस्कार के लिए नहीं किया है।"

मृणाल भी निश्चय करके बोली, "महासामन्त, वर माँगना तुम्हारा अधिकार है।"

भील्लम मृणाल के मुँह की ओर देखकर बोला, "बहन, मैं जो माँगूं, वह देना आपको भला न लगे, तो मेरी बात भी जाय, और आपकी भी।"

"तुम्हारे विवेक और महाराज की उदारता में मुझे श्रद्धा है। तुम्हारी बात टाली नहीं जाएगी।"

तैलप ने मीठी हँसी हँसते हुए कहा, "बोलो, बोलो, संकोच न करो। तुम्हारी मैत्री से अधिक मुझे और कोई वस्तु प्रिय नहीं है।"

भील्लम क्षण-भर के लिए उन दोनों की ओर देखता रहा। फिर धीरे-धीरे बोला, "महाराज, मेरे हृदय में एक ही आकांक्षा है और उसे आप जानते ही हैं।"

"वह क्या?"

"कुँवर सत्याश्रय के साथ विलास का विवाह।"

भील्लम की बात सुनकर मृणाल ने हँसते हुए कहा, "महासामन्त, तुमने भी खूब कहा। इस वर के लिए भी इतने विचार की आवश्यकता थी? यह वर तो कभी का मिल चुका है।"

"परन्तु मैं यह चाहता हूँ कि जहाँ तक हो, शीघ्र ही यह विवाह हो जाय।"

"यह भी मैंने निश्चय कर लिया है।"

"तो कब होगा?"

"आगामी मास। मैंने कभी से मुहूर्त पूछ रक्खा है और अब इस विजय-समारम्भ के साथ ही विवाह हो जायगा।"

मृणाल की बात समाप्त होते ही तैलप ने हँसकर कहा, "भील्लमराज, और कुछ माँगो। तुम तो मुझे लज्जित कर रहे हो। क्या मेरे पास ऐसी कोई वस्तु नहीं है, जिससे मैं तुम्हें प्रसन्न कर सकूँ—सुखी कर सकूँ?"

भील्लम बड़े असमंजस में पड़ गया। तैलप को वह भली-भाँति पहचानता था। वह जानता था कि तैलप बड़ाई चाहता है। वरदान से मिलनेवाली महिमा का इच्छुक है। मुझ जैसे आदमी को रिझाकर मेरा असन्तोष दूर करना चाहता है। परन्तु भील्लम को यह भली-भाँति ज्ञात था कि यदि वह तैलप की इच्छानुकूल वर न माँगेगा, तो वह

मिल नहीं सकेगा और यदि मिल भी गया, तो तुरन्त ही छीन लिया जायगा। भील्लम की बड़ी इच्छा थी कि वह लक्ष्मीदेवी को लेकर अपने देश जाय; परन्तु वह इस इच्छा को प्रकट नहीं कर सकता था। उसे इस वर के मिलने की आशा नहीं थी। इसलिए उसने यह वर नहीं माँगा। भील्लम का विचार था कि माँगने पर कोई वस्तु न मिले तो वह बड़े अपमान की बात है। इसीलिए ऐसे अपमान से, पराधीनता का दुःख सहना ही उसे भला मालूम हुआ। अचानक उसे एक बात याद आ गयी। जिस समय वह मुंज को पछाड़कर उसकी छाती पर चढ़ बैठा था और बलपूर्वक उसने उसके शस्त्र छीन लिये थे, उसी समय मुंज ने उसके कान में कुछ शब्द कहे थे। कहा था–'भील्लम, मेरा कुछ भी हो, इसकी चिन्ता नहीं; परन्तु मेरे कवियों को कष्ट न होने पाये।' विजय के उत्साह में भील्लम इन शब्दों को भूल गया था। इस समय वे स्मरण हो आये।

इन शब्दों को याद करके मुंज के प्रति उसके हृदय में बड़ा सम्मान जाग्रत हुआ। पराजित होकर पृथ्वी पर पड़े हुए भी, यमराज के सामने भ्रमित हो जाने के समय भी उस महापुरुष ने अपने मित्रों को नहीं भुलाया। कहाँ वह महान आत्मा पृथ्वीवल्लभ, और कहाँ यह उसका विजेता! यह सब याद आते ही भील्लम दृढ़ता से बोला, "महाराज, आपके राज में मुझे किस बात की कमी है? परन्तु एक बात चाहता हूँ–यदि आज्ञा हो तो...।"

मृणाल ने तनिक तीक्ष्णता से भील्लम की ओर देखकर कहा, "क्या है? कह डालो, क्या चाहते हो?"

भील्लम ने उतावली से कह डाला, "मालवे के कवियों का जीवन-दान।"

तैलप हँस पड़ा। मृणाल की भँवें संकुचित हो गयीं।

मृणाल ने तिरस्कारपूर्वक कहा, "वाह भील्लमराज, यह क्या माँगा!"

भील्लम–"बहन, मेरे पूर्वज कवि-गण-त्रात्रा कहलाते थे, मैं तो ऐसा यशार्जन नहीं कर सका। केवल एक यही अवसर मिला है।"

मृणाल–"ऐसे पापियों से भूमि का भार बढ़ाओगे? इससे तुम्हें क्या लाभ होगा?"

तैलप ने भी बहन का समर्थन करते हुए कहा, "भील्लमराज, ऐसे जन्तुओं का जीवन-दान माँगने की अपेक्षा और कई वस्तुएँ माँगने योग्य हैं।"

दृढ़ता से भील्लम के होंठ मुँद गये। कहा, "महाराज, यदि मेरी याचना स्वीकार न हो सकती हो, तो कोई बात नहीं। आप प्रभु हैं। आपने कहा, मैंने माँगा; अन्यथा मैं कुछ भी माँगना नहीं चाहता था।"

"तो उन्हें छुड़ाकर क्या करोगे?"

"जो आप कहेंगे। मुझे उनसे कोई विशेष काम नहीं है।"

"ठीक है। उन सबसे मुंज की अ-कीर्ति के गान गवाये जायँगे।"

"जो आपकी इच्छा हो, कीजिएगा। मैं तो केवल यह चाहता हूँ कि वे किसी तरह जीवित रहें।"

तैलप ने बहन की ओर देखते हुए कहा, "अच्छा, जाओ, उन्हें जीवित रहने दिया जायगा। बस न? परन्तु उन्हें मुक्त करके घूमने-फिरने न दिया जाय।"

"जो आज्ञा। मैं अपने महल के तलवास में रक्खूँगा।" कहकर भील्लम ने यह उचित समझा कि अब यहाँ बैठना ठीक नहीं है। उठते हुए उसने कहा, "तो महाराज, मुझे आज्ञा?"

"हाँ, जाओ। सभा में आ पहुँचना।"

"बहुत अच्छा, जो आज्ञा।" कहकर भील्लम चला गया।

भील्लम के चले जाने पर तैलप की ओर देखते हुए मृणाल ने कहा, "भाई, मुझे इस व्यक्ति पर विश्वास नहीं होता।"

तैलप—"आदमी तो बड़ा साफ़ है; परन्तु इसकी स्त्री इसे शान्त नहीं बैठने देती। इसीलिए तो मैंने वर माँगने को कहा था।"

किसी के पैरों की आहट सुनकर मृणाल ने पूछा, "अकलंकचरित आ रहा है क्या?"

तैलप द्वार की ओर देखने लगा।

एक युवक ने प्रवेश किया। उसकी वयस बीस-बाईस वर्ष की लग रही थी। उसका मुख-मण्डल बिलकुल तैलप की तरह प्रतीत हो रहा था। उसके सीधे और सशक्त शरीर पर बहुमूल्य कवच शोभायमान था और सिर पर एक छोटा-सा मुकुट उसके सुन्दर मुख के गौरव में वृद्धि कर रहा था। उसने आकर मृणाल को दण्डवत् प्रणाम किया और तैलप को नमस्कार करके पालथी मारकर बैठ गया।

"बेटा सत्याश्रय, क्या कर आये?"

सत्याश्रय ने गम्भीर स्वर में कहा, "पिताजी, महल के तलायन में अभी मुंज को छोड़ आया हूँ और पहरे पर सामन्त भीमरस को नियुक्त कर दिया है।"

"बहुत अच्छा किया।"

"और काठ का एक विशाल पिंजरा बनाने का आदेश भी कर आया हूँ।"

"शाबाश! सत्याश्रय, तुम्हारा विवाह निश्चित हो गया है।"

"जी!" कहते हुए सत्याश्रय ने सिर झुका लिया।

मृणाल ने सत्याश्रय के चेहरे की ओर देखते हुए कहा, "विजयोत्सव के साथ यह उत्सव भी बड़ा शोभायमान होगा। अच्छा, जाओ, अब तुम निवृत्त होओ।"

सत्याश्रय ने 'जो आज्ञा' कहकर सिर नवाया और चल दिया।

जाते हुए सत्याश्रय को लक्ष्य करके मृणाल ने कहा, "परन्तु देखो, किसी समय विलास से मिल आना।" सत्याश्रय ने उत्तर-निदर्शक सिर नवाते हुए प्रस्थान किया।

रसनिधि

राजा ने वचन तो दे दिया; पर भील्लम को आशंका थी कि कहीं वह अपने वचन को न लौटा ले। इस विचार से वह सीधा वहाँ पहुँचा, जहाँ मालवे के कवि-गण बन्दी करके रखे गये थे।

एक भट्टराज पहरे पर था। उसने राजा का वरदान सुना, तो बड़ा विस्मित हुआ। महासामन्त भील्लम के आदेशानुसार उसने कारागृह का द्वार खोल दिया।

महासामन्त को देखकर वहाँ बैठे हुए कवियों में खलबली मच गयी।

महासामन्त भील्लम ने नम्रता से कहा, ''कविगण, मैं क्षमा चाहता हूँ। मैं एक प्रार्थना करने आया हूँ। मेरे आतिथ्य को स्वीकार कीजिएगा।''

एक सुकुमार, मझोले कद का रूपवान युवक सामने आया और हँसकर बोला, ''क्या आप यमराज हैं?''

भील्लम उस युवक की रूप-कान्ति को निहारता रह गया। क्षण-भर चुप रहकर उसने कहा, ''मैं? नहीं, क्यों?''

एक दूसरे युवक ने आगे आकर कहा, ''मृणालवती के इस नीरस नगर में यमराज के सिवा कौन हमारा आतिश्य कर सकता है !''

उस पहले युवक ने कहा, ''धनंजय, ये स्वतः यमराज नहीं हैं। उनके दूतों में श्रेष्ठ, स्यूनदेश के नराधिप हैं।''

भील्लम जरा हँसा—''नहीं, मैं केवल महासामन्त हूँ। और यमदूत भी नहीं हूँ, मैं तुम्हें इस जीवित नरक से बचाने आया हूँ।''

धनंजय* ने कहा, ''पृथ्वीवल्लभ-हीन इस निस्तेज पृथ्वी पर कहीं जाने को स्थान नहीं रह गया है।''

''नहीं, महाराज ने आप लोगों को जीवन-दान दिया है। आप सब मेरे यहाँ पधारिए।''

यह सुनकर सब चकित हो गये और कुछ होश में आकर, भील्लम को घेरकर खड़े हो गये।

''आपका नाम धनंजय है न?''

''जी!''

भील्लम ने उस रूपवान युवक की ओर पुनः देखकर पूछा, ''और आपका?''

उस युवक ने कुछ हिचकते हुए कहा, ''मेरा?''

धनंजय ने कहा, ''इनका नाम रसनिधि है और ये पद्मगुप्त...''

---

* 'दशरूप' का लेखक।

"हाँ, मेरा नाम रसनिधि है।" इतना कहकर रसनिधि भील्लम के साथ चला और सब उसके पीछे हो लिये।

मार्ग में चलते हुए भील्लम ने रसनिधि की ओर देखा और सोचा कि उसकी सुकुमारता की अपेक्षा उसका शरीर बहुत बलवान है। शूरवीरों के शरीर को परखने की आदत के कारण भील्लम को ऐसा लगा कि यह पुरुष कवच से बड़ा शोभायमान हो सकता है। यह सोचकर वह मन ही मन हँस पड़ा। फिर सोचा—'इस बेचारे को कवच और युद्ध से क्या मतलब?'

महासामन्त मूक भाव से चलते हुए राजमहल के निकट अपने महल में आ पहुँचा और उसने कवि-गण के आतिथ्य की तैयारी के लिए अपने परिचारकों को आदेश दिया।

धनंजय को लक्ष्य करके भील्लम ने कहा, "कविराज, आपको एक कष्ट देना है।"

धनंजय ने पूछा, "मुझे? कहिए क्या आज्ञा है?"

"बहुत दिनों से मेरी स्त्री और पुत्री ने कवियों के दर्शन नहीं किये। क्या आप पधारेंगे?"

धनंजय ने तिरस्कारपूर्वक कहा, "जहाँ कवि दुर्लभ हों, वहाँ रूप में सौन्दर्य नहीं रहता; राजा में टेक नहीं रहती और स्त्रियों की आर्द्रता विनष्ट हो जाती है। यह कोई अनोखी बात नहीं है।"

"कविराज, आप भी पधारेंगे?"

रसनिधि ने पुनः हिचकते हुए कहा, "मैं?"

"हाँ, आप। इसमें संकोच की क्या बात है?"

धनंजय ने बड़े ध्यान से रसनिधि की ओर देखा।

"हाँ, रसनिधि, तुम भी चलो। चलो स्यूनराज!" इतना कहकर तीनों अन्तःपुर में गये।

भील्लमराज ने आज अपने पूर्वजों के विरुद 'कवि-कुल-त्राता' की रक्षा की थी। बहुत दिनों बाद ऐसे संस्कारशील पुरुषों का सत्संग मिला था। भील्लमराज का हृदय आनन्द और गर्व से फूल उठा।

लक्ष्मीदेवी अभी राजमहल से नहीं लौटी थीं और विलास शंकर के मन्दिर में थी। भील्लम ने विलास को बुलाने के लिए एक दूत भेजा और स्वतः धनंजय और रसनिधि को साथ लेकर अन्तःपुर के पीछेवाली वाटिका में पीपल के एक विशाल वृक्ष के नीचे जा बैठा और बातचीत करने लगा।

थोड़ी देर बाद विलास का स्वर सुनाई पड़ा, "पिताजी...!"

"कौन? बेटी विलास!"

विलास के निकट आने पर महासामन्त ने कहा, "यहाँ आओ, तुम कवियों को देखना चाहती थीं न? देखो, ये हैं।"

विलास ने दोनों कवियों की ओर देखा और घबराई-सी खड़ी रह गयी।

"ये कविराज धनंजय हैं। इनकी ख्याति तो अपने स्यूनदेश तक पहुँची है।"

विलास ने सिर झुकाकर नमस्कार किया।

धनंजय ने आडम्बर के साथ कहा, "पुत्री, राघव जैसे नरेश की अर्द्धांगिनी बनकर सूर्य-जैसे तेजस्वी पुत्रों की माता बनो।"

"ये कवि रसनिधि हैं।"

लज्जा से झुककर जिज्ञासापूर्ण अधखुली आँखों से विलास ने रसनिधि की ओर देखा। विलास को उसका मुख कुछ विचित्र दीख पड़ा। वह कौन-सी विचित्रता थी और उसका उस पर क्या प्रभाव पड़ा, यह सब कुछ वह न समझ सकी।

रसनिधि हँसते हुए बोला, "भगवती, मैं क्या आशीर्वाद दूँ? सुधानाथ को वरना और सुधा का आस्वादन कर अकल्पित आनन्द प्राप्त करना।"

विलासवती इस आशीर्वाद का कोई स्पष्ट तात्पर्य न समझ सकी; परन्तु महासामन्त खिलखिलाकर हँस पड़ा।

"कविराज, यह अवन्तिका नहीं है।"

"सत्य है। नहीं तो क्या मैं इस स्थिति में होता?"

"हमारे यहाँ तो सुधानाथ सूख गये हैं और आनन्द का अनुभव करना पाप की पराकाष्ठा समझा जाता है।"

"ओह!"

"बहन, मृणाल का वैराग्य तुमने नहीं देखा और कदाचित् इस विलास को भी नहीं जानते? इसने भी अब तपस्या आरम्भ कर दी है।"

धनंजय ने पूछा, "किसलिए?"

"कविराज, तैलंगण की रीतियाँ ही अनोखी हैं।"

"परन्तु इस कन्या को इससे लाभ?"

ज़रा अस्पष्ट कटाक्ष करते हुए भील्लम ने कहा, "कुँवर सत्याश्रय से विलास का विवाह होने वाला है। इसे मान्यखेट के नृपति की पटरानी के योग्य शिक्षा की भी तो आवश्यकता है? ठीक है न विलास?"

विलास मुस्कुरा उठी। दोनों कवि उसकी ओर दयार्द्र दृष्टि से देखने लगे।

धनंजय ने कहा, "जब हृदय के निर्झर सूख जायँगे, तब कहीं यह पटरानी का पद प्राप्त कर सकेगी!"

"बहन मृणाल की ऐसी ही इच्छा है। आओ बैठो, विलास, मैंने इन कवियों को छुड़वा दिया है, अब ये अपने ही यहाँ रहेंगे।"

विलास भील्लम के पास आकर खड़ी हो गयी और मौन भाव से तीनों की ओर देखने लगी।

विलास को एक अज्ञात अनुभव हुआ। उन लोगों के वस्त्र विचित्र थे; उनकी रीति-नीति स्वच्छन्द और विनम्र थी; उनकी बातचीत में गाम्भीर्य और संयम का अभाव था; उनके मुख पर कठोरता और बुद्धिमानी का नाम न था। इन सब बातों से उसे यह वातावरण अस्वाभाविक दीख पड़ा; और इससे उसके हृदय में किसी आघात का, किसी दुख का अनुभव हुआ। परन्तु आघात और दुख ऐसे आकर्षक दिखलाई पड़े कि उसे वहाँ से जाने की इच्छा न हुई।

रसनिधि ने पूछा, "तो आपके यहाँ से कवियों को देश-निकाला दिया गया है, यह सत्य है? मैं तो गप्प समझ रहा था।"

भील्लम ने कहा, "हमारे यहाँ जो न हो जाय सो थोड़ा है।"

"यहाँ कविता नहीं, रस नहीं, आनन्द नहीं, फिर क्या शेष रह गया?"

"बोलो विलास, उत्तर दो।"

उसने धीरे से दृष्टि उठाकर रसनिधि की ओर देखकर कहा, "त्याग, शान्ति।"

"कितने मनुष्यों ने सच्चे त्याग और शान्ति का अनुभव किया है?"

भील्लम ने हँसते हुए कहा, "हम सब तो देवता हैं।"

"देवता भी तो आनन्द की मूर्तियाँ हैं; किन्तु तुम तो पाषाण होने का प्रयास कर रहे हो।"

"यदि इस समय देवी होतीं तो तुम्हारी इस बात से उन्हें बड़ा आनन्द मिलता।"

विलास ने तोते की तरह रटा हुआ सूत्र दोहराया, "संसार में सब कुछ चंचल है, केवल एक शान्ति-सी निश्चल है।"

"नहीं, वह भी चंचल है। निश्चल तो केवल एक आनन्द है।"

विलास के मुख पर तिरस्कार का भाव छा गया। उसे हँसी आ गयी। बह बोली, "बिना शान्ति के आनन्द किस तरह प्राप्त हो सकता है?"

"सुख के अनुभव से।"

"तो वह क्षणिक है?"

"कौन कहता है? यदि रसिकता हो तो शाश्वत सुख प्राप्त हो सकता है।"

लक्ष्मीदेवी अभी तक न आयी थीं। भील्लम का ध्यान उसी ओर लगा हुआ था। कवियों के वार्त्तालाप में उसे आनंद भी नहीं आ रहा था; इसलिए वह उठ खड़ा हुआ। उसने कहा, "आप लोग वार्त्तालाप कीजिए, मैं अभी आता हूँ। विलास की माता अभी तक नहीं आयी हैं।"

भील्लम के जाने पर निकटस्थ सरोवर की ओर दृष्टिपात करके धनंजय भी उठने लगा।

रसिकता

विलास ने पूछा, "रसिकता किसे कहते हैं?"

रसनिधि ने आँखें फाड़कर कहा, "तुम्हें मालूम नहीं है?"

"नहीं।"

"तुमने काव्यों का श्रवण किया है?"

विलास ने हँसते हुए कहा, "आपके भर्तृहरि का वैराग्य शतक सुना है।"

"और शृंगार-शतक?"

विलास ने कठोर दृष्टि से ऊपर देखा। कहा, "वह तो पापाचारियों के लिए है।"

रसनिधि हँस पड़ा। बोला, "कोई नाटक देखा है?"

"जब बहुत छोटी थी, तब स्यूनदेश में देखा था; परन्तु याद नहीं है।"

"किसी रात्रि में चन्द्रमा की ज्योत्स्ना में पड़े-पड़े गाया है?"

"नहीं। चन्द्र-ज्योत्स्ना में फिरना मेरे लिए त्याज्य है।"

रसनिधि गम्भीर होकर उसकी ओर देखने लगा। बोला, "तब तुम्हें रसिकता का अनुभव कहाँ से हो सकता है? यह तो कहो तुमसे यह सब साधनाएँ कौन कराता है?"

"मैं स्वतः करती हूँ। बहन मृणाल केवल सूचना दे दिया करती हैं।"

"इन साधनाओं का कारण?"

"त्याग-वृत्ति का उत्पादन।"

"इस तरह त्याग-वृत्ति उत्पन्न की जाती है? इसका तो तुम्हें ज्ञान ही नहीं, तुम क्या त्याग कर रही हो?"

विलास ने कुछ विचार करते हुए कहा, "नहीं, है। मृणाल बहन सब समझाया करती हैं।"

"वे मौखिक बातें हैं—अनुभव की नहीं।"

"कलंकित करने वाली वस्तु का अनुभव..."

रसनिधि ने आदेश के साथ पूछा, "कौन वस्तु कलंकित करती है? यदि काव्य कलंकित करता है, रस कलंकित करता है, ज्योत्स्ना का अमृत कलंकित करता है, और यह कहो कि प्रेम कलंकित करता है, तो यह कलंकित जीवन क्या बुरा है?"

विलास ने जरा कठोरता से कहा, "मुझे निष्कलंक होना है।"

रसनिधि मौन हो गया। क्षण-भर बाद उसने कहा, "तो तुम्हें मुझ जैसे पुरुष भी कलंकित मालूम पड़ते होंगे?"

"भोले बाबा तुम्हें सद्बुद्धि प्रदान करें।"

रसनिधि विकल भाव से खड़ा रह गया। बोला, "क्या तुम्हें कभी रसिकता का अनुभव करने की इच्छा नहीं हुई?"

विलास तनिक विचार में पड़ गयी। बोली, "नहीं, कभी नहीं। इसका मुझे कभी ध्यान ही नहीं आता।"

"ध्यान देने की भी इच्छा नहीं होती?"

"यदि पाप करने में मन न लगता हो तो इसमें बुराई ही क्या है?"

रसनिधि ने दयार्द्र दृष्टि से देखते हुए कहा, "विलासवती, रसिक होने—रसिकता का अनुभव करने—को ही मैं मोक्ष समझता हूँ।"

कानों पर हाथ रखकर हँसते हुए विलास बोली, "नहीं, नहीं।"

विलास के हास्य से कोई दूसरा ही भाव टपक रहा था। "लीजिए, माताजी आ गयीं।" कहकर वह दूर से आते हुए भील्लम और लक्ष्मीदेवी की ओर मुड़ गयी।

दोनों मौन-मुख आगे बढ़े और रसनिधि ने लक्ष्मीदेवी को प्रणाम किया।

लक्ष्मी ने अपने पति की ओर कटाक्ष करके कहा, "कविराज, आज हमारा घर वर्षों बाद पवित्र हुआ।"

"माताजी, मुझे आशा नहीं थी कि इस शुष्क देश में हमारा इतना सम्मान होगा।" इतना कहकर रसनिधि ने धनंजय को पुकारा, "धनंजय, देखो देवी आ गयीं।"

पुकार सुनकर धनंजय ने सरोवर के कमल-पत्रों से दृष्टि हटायी और निकट आ गया।

राष्ट्रकूट-राजाओं के परम्परागत संस्कारों का अनुगमन करते हुए लक्ष्मीदेवी ने बड़े गौरव से कहा, "भाई, यह घर तुम्हारा ही है; परन्तु मुझे एक प्रार्थना करनी है।"

धनंजय निकट ही था। उसने पूछा, "क्या आज्ञा है, कहिए?"

"इतनी कृपा कीजिएगा कि आपके काव्य-विनोद की चर्चा बाहर तक न जाने पाये। नहीं तो आपके समागम का लाभ बहुत ही कम उठाया जा सकेगा।"

भील्लम ने कहा, "देवी, यह क्या कह रही हो?"

"ठीक कह रही हूँ। ऐसे अतिथि जितने भी अधिक दिन रहें, उतना ही अच्छा है। ऐसे लोगों के दर्शन ही कहाँ होते हैं?" यह कहते हुए लक्ष्मी की वाणी में कुछ विषण्णता आ गयी।

भील्लम मौन हो गये; रसनिधि ध्यान से सुनता रहा। लक्ष्मी ने विलास को लक्ष्य करके कहा, "विलास, कवियों के दर्शन किये?"

गर्दन झुकाए हँसते हुए विलास ने कहा, "किये।"

"अच्छा, अब चलिए कविराज! मध्याह्न हो रहा है।"

"जो आज्ञा।"

"विलास, तू कहाँ जाएगी?"

"मुझे अभी ध्यान करना है।"

भील्लम ने पूछा, "अच्छा कविराज, सब कवियों में शिरोमणि कौन हैं?"

धनंजय ने कुछ सोचते हुए आँखें नचाकर कहा, "स्यूनदेश के अधिपति महाराज भील्लम!"

सब हँस पड़े।

"मैं?"

"हाँ, जिनकी वाणी सुनकर समस्त कवियों की जिह्वा पर काव्य-नटी नृत्य करने लगती है, ऐसे रसेश्वर मुंजराज को भी जिसने जीत लिया हो, वही।"

भील्लम गर्व से हँस पड़ा। यह कथन असत्य था, तो भी उसका हृदय प्रफुल्लित हो गया; परन्तु उसकी स्त्री ने उस हर्ष को अधिक समय तक स्थिर न रहने दिया।

"कविराज, तो यों न कहो कि कवि-शिरोमणि मृणाल हैं।"

"क्यों?"

"आपके स्यूनराज के परम-पूज्य हैं तैलपराज, और उनका गर्व गलित करनेवाली हैं बहन मृणाल।"

भील्लम का मुख रक्त-वर्ण हो गया; उसने कुछ क्रोध से लक्ष्मीदेवी की ओर दृष्टिपात किया। लक्ष्मी ने यह देखकर वार्त्तालाप का रुख बदल दिया।

"कविराज, आपने विदर्भ देश के कवि भवभूति के काव्यों का अध्ययन किया है?"

"आपने किस प्रकार उनका नाम जाना?"

"जब मैं छोटी थी तब मेरे पिता के यहाँ कवि-गण उनके गुणों का कीर्तन किया करते थे। वे कहा करते थे कि कविकाल में न तो ऐसा कवि हुआ, और न होगा।"

"रसनिधि उनके बड़े भक्त हैं।"

"अच्छा!"

"हाँ, इन्होंने उनके सब नाटकों का पाठ किया है।"

विलास ने पूछा, "माताजी, इस कवि की बात तो तुमने मुझसे कभी की ही नहीं?"

लक्ष्मी ने निःश्वास लेकर कहा, "बेटी, तुमसे कहकर कहाँ जाती?"

विलास समझ न सकी कि उससे कहने में हानि क्या है? उस समय वह अधिक कुछ नहीं बोली। सबको नमस्कार करके राज-मन्दिर की ओर चली गयी।

सत्याश्रय

विलास जब मन्दिर में पहुँची तब उसे ऐसा लगा जैसे उसमें कोई परिवर्तन हो गया हो। इतना ही नहीं, सूर्य में उसे नया तेज दिखाई पड़ने लगा, वृक्षों में नयी सुन्दरता; और ध्यान के लिए बैठते हुए हृदय में भी कुछ आकुलता का अनुभव होने लगा।

धनंजय और रसनिधि उसे बिलकुल अनोखे मनुष्य प्रतीत हुए। उनके सत्संग में संयम न था, न वाणी में गाम्भीर्य और न शब्दों में विवेक ही। वे उसे पापात्माओं जैसे स्वच्छंद दीख पड़े; फिर भी उनकी वह रीति-नीति रुचिकर और विचित्र मालूम हुई। उसकी शिक्षा, उसकी चारित्र्य-भावनाओं और उसके विचारों के सामने वे दोनों तुच्छ, संयमहीन और स्वच्छन्द जान पड़े। इतने पर भी उसके हृदय में यह विचार आया कि उनकी बातचीत वह फिर सुने, उनके मुख वह फिर देखे।

कभी-कभी विलास के हृदय में लक्ष्मीदेवी के प्रति एक विशेष सहानुभूति उत्पन्न हो जाती। यद्यपि वह बाहर से स्वस्थ दीख पड़ती; परन्तु अनेक बार लक्ष्मीदेवी से मिलने पर, उसकी बातें सुनने पर, उससे शाबाशी मिलने पर, उसके हृदय में एक अज्ञात, एक अकल्पित भाव उत्पन्न हो जाया करता। उन कवियों को देखकर भी उसके हृदय में ऐसा ही भाव उत्पन्न हो गया।

रसनिधि पर उसे दया आयी। बेचारा रसिकता को मोक्ष मान रहा है! कैसा मोह? कैसा अन्धकार? कैसा अच्छा मनुष्य और कैसे भ्रम में पड़ा हुआ है? इस पर भी वह दुःखी नहीं दीख पड़ता है। उसके हास्य में, उसके शब्दों में, उसके नेत्रों में आनन्द है; शान्ति है। ऐसी शान्ति तो अपने को जीवन-मुक्त समझने वाली मृणाल में भी नहीं। क्या रहस्य है?

यह रसिकता क्या है? रस-सृष्टि उसके ज्ञान से बाहर थी; उसने उसका रंग देखा और परखा न था। क्या उससे मोक्ष मिल सकता है? शान्ति मिल सकती है?

उसे मुंज का स्मरण हो आया। बहन मृणाल उसे पापाचारी कहती थी; परन्तु वह आनन्द और शान्ति की मूर्ति प्रतीत होता था। क्या पापाचारी के लिए यह शान्ति सम्भव है?

वह ध्यान करने बैठी; पर कर न सकी। उसका ध्यान रसनिधि और धनंजय की ओर लगा रहा।

उसे ध्यान आया कि उसकी माँ ने भी कविता सुनी थी, फिर किसलिए उन्हें नहीं सुनाई? लक्ष्मीदेवी कोई कलंकित तो थीं नहीं, तो भी उन्होंने कवियों के काव्य का श्रवण किया था। कवियों में ऐसी कौन-सी बात थी जिसके कारण मृणाल बहन ने उनको देश से निर्वासित कर दिया था?

अन्तिम प्रश्न का उत्तर उसे सरल मालूम हुआ। ऐसे स्वच्छन्द मनुष्य यदि देश में वास करने लगें तो लोगों का शुद्ध और पवित्र जीवन भ्रष्ट हो जाय।

यह सब सोचते हुए उसे लगा कि वह स्वयं पतित होती जा रही है। संयम के शुद्ध वातावरण में से सामान्य, अधम और कुमार्गी जीवन की ओर अग्रसर हो रही है! तैलंगण की साम्राज्ञी होने का, अकलंकचरित जैसे शुद्ध प्रभावशाली वीर की अर्द्धांगिनी होने का, और अपने चारित्र्यबल से समस्त-संसार को शुद्ध करने का लेख उसके भाग्य में लिखा है तो क्या यह मूर्खता उसे शोभा देती है? यह विचार आते ही उसका मन ध्यान में लग गया और कवियों के समागम से उद्‌भूत ऊर्मियाँ शान्त हो गयीं।

ध्यान के लिए वह आँखें बन्द करना ही चाहती थी कि सामने सत्याश्रय आता दीख पड़ा।

वह शान्त और दृढ़ भाव से चला आ रहा था। चेहरे पर कठोरता और निश्चलता थी। तैलंगण का भावी नरपति, पिता की आज्ञा शिरोधार्य करके भावी अर्द्धांगिनी को रिझाने आ रहा था! उसके मुख पर न प्रेम का आवेश था, और न गति में उत्साह। मुख-मुद्रा से केवल कर्त्तव्य-परायणता प्रकट हो रही थी।

उसे देखकर विलास तनिक सकपका गयी, लज्जित हो गयी। उसे शिक्षा मिली थी कि पति की चरण-रज का एक-एक कण पूजनीय है। एक-एक शब्द निर्वाण-मन्त्र है। अपने ईश्वर को सदेह आते देखकर उसे हर्ष हुआ। यह सब होने पर भी अचानक उसे ऐसा लगने लगा जैसे रसनिधि उसकी दृष्टि के समक्ष आ-गया हो। उसके हृदय में एक अस्पष्ट असन्तोष छा गया।

सत्याश्रय और रसनिधि दोनों इस प्रकार के व्यक्ति थे कि एक के बाद यदि दूसरे को देखा जाय तो उनके स्वरूप की भिन्नता का विचार हृदय में आये बिना नहीं रह सकता था।

सत्याश्रय अधिक बलवान था। उसके मुख पर अधिक गौरव झलक रहा था; परन्तु उसके शरीर में रसनिधि की-सी छटा न थी। उसकी गति में रसनिधि का-सा उत्साह न था और न ही उसके चेहरे पर वैसा आनन्द और आवेश। कवि को देखकर आह्लाद की तरंगें उठती थीं, किंतु राजकुमार को देखकर त्रास का अनुभव होता था। एक मिलनेवाले के हृदय का हरण करता था और दूसरा उसके हृदय पर अधिकार।

विलास को यह भान नहीं था कि इस प्रकार की तुलना करके उसका हृदय असन्तोष का अनुभव कर रहा है। उसे तो केवल एक अनजानी विचित्रता मालूम हो रही थी।

कुमार सत्याश्रय शंकर का दर्शन करके विलास के निकट आया और उसे नमस्कार किया—"विलासवती, नमस्कार!" जैसे किसी देवी के आगे उसका भावुक भक्त स्वस्थ भाव से नमन कर रहा हो।

विलास ने लजाकर कहा, "नमस्कार! विजय-लाभ कर आये?"

"हाँ। भगवान पिनाकपाणि की कृपा से पिताजी की विजय हुई।"

“और मालव-राज पराजित हुए?”

“हाँ। सत्य की जय हुई।”

विलास ने गम्भीरता से पूछा, “आप कुशलपूर्वक तो हैं?”

परन्तु अगले ही क्षण उसे रसनिधि के साथ किया हुआ स्वच्छन्द वार्त्तालाप याद हो आया।

“हाँ। मैं एक आनन्द-दायक समाचार सुनाने आया हूँ।”

“क्या?”

“ईश्वर की कृपा हुई, तो अब हमारा विवाह हो जायगा।”

तनिक आवेश में आने से विलास के मुँह से निकला, “हैं?”

सत्याश्रय ने शान्तिपूर्वक कहा, “हाँ, पिताजी की आज्ञा है।”

विलास ने लज्जा-भाव से क्षण-भर के लिए नीचे देखा और दूसरे क्षण पूछा, “बहनजी की क्या सम्मति है?”

“उन्होंने तो कभी से मुहूर्त निश्चित करा रखा है।”

विलास आगे कुछ न बोली।

“विलासवती, तुम बहनजी की कसौटी पर सोलहों आने ठीक उतरी हो।”

“अच्छा?”

“हाँ। उन्हें निश्चय हो गया है कि तुम आहवमल्ल की पुत्र-वधू होने योग्य हो गयी हो।”

“अहोभाग्य!”

“सत्य है। साथ ही यह मेरा भी अहोभाग्य है।”

विलास ने इसका उत्तर नहीं दिया।

“तो मैं अब जा सकता हूँ?”

विलास ने कहा, “जैसी इच्छा।”

“तो जय शिव!” कहकर सत्याश्रय जिस स्वस्थता से आया था उसी से लौट गया।

विलास को इन बातों में कोई विचित्रता प्रतीत नहीं हुई; परन्तु किसी अज्ञात कारण से उसका हृदय खिन्न हो उठा। सोलह वर्ष हो गये, उसके हृदय ने प्रेमावेश का कोई विशेष अनुभव नहीं किया था, और संयम की टेव के कारण उसका हृदय सर्वदा स्वस्थ और निर्विकार रहता था; इस कारण उसे स्पष्ट रूप से खिन्नता का अनुभव करना बड़ा विचित्र लगा, परन्तु आज उसे इतने अधिक विचित्र अनुभव हुए थे कि उसने इस विचित्रता पर अधिक विचार नहीं किया।

उसका ध्यान निकट भविष्य में होने वाले अपने विवाह पर गया। विवाह क्या है? कैसे होता है? उसे कुछ ऐसा ज्ञात था कि नाटक नाम के काव्यों में विवाह की बात बहुत आती है। तब उन काव्यों में किस प्रकार विवाह होता होगा?

यद्यपि काव्य और कवि, दोनों को वह त्याज्य समझती थी, तथापि जिस बात का अनुभव वह स्वतः करनेवाली थी, वह दूसरों को कैसा प्रतीत होता होगा, इसे जानने की जिज्ञासा उसके हृदय में उत्पन्न हो गयी। उसने बहुत प्रयत्न किये; पर वह इस जिज्ञासा का संवरण नहीं कर सकी। अन्त में, रसनिधि से पूछकर इसका ज्ञान प्राप्त करने का उसने निश्चय कर लिया।

प्रथम मिलन

मृणालवती-जैसी संयमशीला स्त्री के हृदय में क्षोभ कहाँ स्थान पा सकता था? किन्तु इस समय उसके चेहरे से प्रकट हो रहा था कि उसके हृदय में किसी अस्पष्ट क्षोभ ने घर कर लिया है। उसका साहस, उसका सांसारिक वियोग और मुंज की अधमता के प्रति उसका तिरस्कार ज्यों-का-त्यों बना रहा, वरन कुछ अंश और बढ़ गया। फिर भी तैलंगण के शत्रु के सामने जाने के विचार से वह तनिक अस्वस्थ-सी हो गयी। इस अस्वस्थता के फलस्वरूप उसका साहस कृत्रिम हो गया। मुंज के प्रति उसका तिरस्कार अधिकाधिक बढ़ गया।

किसी अन्य बन्दी से मिलने का विचार भी मृणाल के मस्तिष्क में नहीं आ सकता था; किन्तु मुंज से मिलने का विचार उसे स्वाभाविक प्रतीत हुआ। मुंज को कुचलवा देने की उसे वर्षों से अभिलाषा थी। मुंज की अधमता का दृष्टान्त उसे वर्षों से प्रिय लग रहा था। अपने विचार से वह अपने को सत्य का अवतार समझ रही थी। अवन्ति-पति उसकी दृष्टि में असत्यावतार था। सत्य का विजय-ध्वज फहराना उसे आज परम कर्त्तव्य प्रतीत हुआ। पृथ्वी के पापियों में अपने को श्रेष्ठ समझने वाले पुरुष को उसकी अधमता का ज्ञान कराने से बढ़कर और कौन-सा पवित्र और धार्मिक कार्य हो सकता है?

मुंज से स्वतः मिलने के लिए जाते समय उसके हृदय में एक विचार उत्पन्न हुआ। उससे मिलने में वह कलंकित तो नहीं होगी? कलंक क्योंकर लग सकता है? ऐसे नरपिशाच से मिलना भी कलंक है—क्यों नहीं? क्या इतने वर्षों की तपस्या निरर्थक है, जो एक पापी से वार्तालाप करके ही वह कलंकित हो जायगी? अपने शुद्ध हृदय से सुरक्षित होकर भी वह क्यों ऐसा सन्देह कर रही है?

अन्ततः होंठ पर होंठ चढ़ाकर, अपनी पवित्रता और वैराग्य की महत्ता से उन्मत्त मृणाल अवन्तिका के निराधार नृपति से कारागार में मिलने गयी। प्रहरी मृणालवती को देखकर विमूढ़ हो गया और प्रकम्पित करों से उसने गुप्त बन्दी-गृह का द्वार खोल दिया।

स्थान छोटा था और पश्चिम दिशा की ओर के एक छिद्र से सूर्य का प्रकाश वहाँ पहुँच रहा था।

मुंज सो रहा था। हाथों का तकिया लगा हुआ था और पैर एक दूसरे पर रखे थे। उसके अंग-अंग से अपूर्वता प्रकट हो रही थी; स्नायुओं का सुन्दर गठन स्पष्ट दीख रहा था। प्रचंड शरीर, अंगों की कान्ति और रंग की निर्मलता के साथ-साथ कोई अज्ञात छटा उसके शयन में, उसके शरीर में प्रकट हो रही थी। बन्दीगृह के अन्धकार-रूपी शेष पर शयन करता हुआ वह लक्ष्मी-पति नारायण-सा प्रतीत हो रहा था।

मृणाल क्षण-भर द्वार में खड़ी रहकर तीक्षण दृष्टि से मुंज को देखती रही। मुंज का गर्व गलित हो जाने से वह उसे निराधार और चिन्ता-ग्रस्त देखने के लिए आयी थी। इतनी दुर्दशा का अनुभव करके भी मुंज को निश्चिन्त, निर्विकार सोये हुए देखकर मृणाल के हृदय में उसके प्रति और भी तिरस्कार बढ़ गया।

तिरस्कार के आवेश में वह वहाँ से जा ही रही थी कि मुंज जाग उठा। धीरे से उसने अपनी बड़ी और सुन्दर आँखें खोलीं, छटा से मस्तक उठाया; धीर और मधुर हास्य उसके मुख पर प्रकट हो गया।

नेत्रों में आकुलता नहीं थी; आनन्द था। हास्य में क्षोभ नहीं था; मोहिनी थी।

मृणालवती जाते-जाते रुक गयी। यदि वह चली जाती तो कायरता प्रकट होती और जिस कार्य के लिए आयी थी, वह भी अपूर्ण रह जाता। उसे मुंज के हास्य में अपमान-सा लगा, इसलिए वह तीक्ष्णता और न्याय की मूर्ति बनकर पीछे लौट आयी।

मुंज के नेत्र प्रसन्नता से नाच रहे थे; उसके होंठ हँस रहे थे। इतना ही नहीं; उसका सम्पूर्ण मुख-मंडल आकर्षक और आह्लादक बन गया था।

''मृणालवती, यदि आयी हो, तो तनिक ठहर जाओ।''

मुंज के स्वर में मृदुता थी, पवित्रता थी और मैत्री-भाव था। अनन्त सुख का आनन्द लेने तथा सब मनुष्यों को स्नेह-दृष्टि से देखनेवाले किसी विरले ही सन्तोषी का स्वर ऐसा हो सकता है।

मृणाल पर इस स्वर का और तो कोई प्रभाव न पड़ा; परन्तु अचानक अपना स्वर नीरस न निकल जाय, इस भय से उसने उत्तर नहीं दिया। वह केवल उस ओर लौटी। मुंज को हँसता देखकर उसके मुख पर तीक्ष्णता आ गयी तथा क्रोध का भाव झलक आया।

मृणाल को बाल्यकाल से ही अपने प्रताप का मान था। कारण, उसके भू-निक्षेप मात्र से समस्त तैलंगण-प्रदेश काँप उठता था। उसी भू-निक्षेप का भयंकर प्रभाव मुंज पर भी होगा, यही देखने के लिए वह अनिमेष नेत्रों से उसकी ओर देखती रही।

परन्तु उत्तर में मुंज पुनः हँस दिया। कहा, "आयी हो तो तनिक रूप निहार लेने दो। मैंने उसकी बड़ी प्रशंसा सुनी है।"

मृणालवती ने ये शब्द सुने; परन्तु उनका अर्थ तनिक भी उसकी समझ में नहीं आया।

तपस्विनी, प्रभावशालिनी, निष्कलंकिनी, अस्पृश्या मृणालवती के राज्य में ऐसी निर्लज्जता से कोई नहीं बोल सकता था। किन्तु इस समय ये शब्द उसके कानों में डाले जा रहे थे और उसे ही सम्बोधित करके!

क्रोध से उसका मस्तक अस्थिर हो गया। नेत्र विकराल हो गये। उसने कहा, "पापी, इस दुर्दशा में पड़कर भी तुझे ज्ञान नहीं हुआ कि किसके साथ कैसे वार्त्तालाप करना चाहिए?"

"कैसी दुर्दशा?"

मृणाल तिरस्कार से बोली, "दुर्दशा? पूछ अपनी कीर्ति से, पूछ अपने कवियों से और पूछ अपनी सेना से।"

मुंज के मुख पर तनिक भी विषमता न आयी। वही आनन्द झलक रहा था। वह फिर तनिक हँस पड़ा। बोला, "मेरी कीर्ति से ही तो तैलप की तपस्विनी बहन यहाँ तक खिंच आयी है; मेरे कवियों के गान से ही तो मुझे देखने का तुम्हें मोह हुआ है और मेरी सेना के प्रताप से प्रतापान्वित होकर ही तो तुमने मुझे पकड़ने का प्रयत्न किया है।"

"और, कल तू कुत्ते की मौत मारा जायगा।"

"मुंज जैसे नृपति का इससे बढ़कर कीर्तिकर मरण और क्या हो सकता है?"

मृणाल चुप हो गयी। जिस मनुष्य को वह अपनी सत्ता और प्रताप के भार से कुचलने के लिए आयी थी, वही जैसे भूमि पर होते हुए भी सिंहासन पर और बन्दीगृह में होते हुए भी अपने महल में आनन्द और निश्चिंतता से बैठा हुआ था तथा एक तरह के-निरंकुश आनन्द से बातें कर रहा था।

मृणाल के हृदय में तिरस्कार का भाव और भी अधिक बढ़ गया। सामान्य मनुष्य दुःख से अशान्त हो जाते हैं; किन्तु यह कैसा महान पापाचारी है कि कारागार भी इसकी शान्ति को भंग नहीं कर सका।

"राक्षस, तुझे ज्ञात है, तूने क्या-क्या पाप किये हैं?"

"मुझे जो अच्छा लगा, वही किया। इसमें पाप कैसा?"

मृणाल अकुला गयी। स्वच्छन्द आचरण ही उसके विचारानुसार पाप था। तनिक ठहरकर बोली, "क्या इच्छित कार्य करना पाप नहीं? इसी कारण तो तू सदेह नरक भोग रहा है।"

मुंज ने तनिक आश्चर्य से नेत्र खोले। उसके नेत्रों में मद था, तेज था। मद और तेज ने मृणाल का ध्यान आकर्षित कर लिया।

"तुम नरक किसे कहती हो?"

"नराधम, तेरी-जैसी स्थिति को।"

मुंज हँस पड़ा। बोला, "मृणालवती, यह तुम्हारा भ्रम है।"

"कैसे?"

"स्वर्ग या नरक की मुझे चिन्ता नहीं है। परन्तु जो मैं अनुभव कर रहा हूँ, उससे अधिक सुख स्वर्ग में नहीं है और नरक में जाने से वह कम नहीं हो सकता।"

"यह असत्य मेरे आगे नहीं चल सकता।"

"मैं असत्य किसलिए बोलूँगा?"

"अपनी दुर्दशा छिपाने के लिए।"

"दुर्दशा! कैसी दुर्दशा? मैं तो जैसा पहले था, वैसा ही अब भी हूँ।"

"कौन?"

हँसकर नेत्रों से अमृत बरसाते हुए मुंज ने कहा, "पृथ्वीवल्लभ।"

"अब तू पृथ्वीवल्लभ है? पृथ्वीवल्लभ तो वहाँ महल में बैठा हुआ है।"

"कौन कहता है?"

"सारा संसार।"

मुंज ने निश्चिन्त-भाव से कहा, "तो संसार झख मारता है। जो सुख मैं अपने प्रासाद में प्राप्त करता था, वही यहाँ भी अनुभव कर रहा हूँ। जो सुख मैं विजय में अनुभव करता था, वही इस पराजय में भी मान रहा हूँ। पृथ्वी का जैसा वल्लभ तब था, वैसा ही अब भी हूँ।"

"निर्लज्ज, यह तो चित्त प्रसन्न करने का स्वप्न है।"

मुंज ने स्वस्थ भाव से कहा, "तुम स्वप्न समझती हो, पर जब तक मेरी वल्लभता स्थिर है, तब तक यह बात सत्य है।"

क्षण-भर मृणाल देखती रही। सोचने लगी—इसकी निर्लज्जता की भी कोई सीमा है? फिर बोली, "अभी तुझे तैलप के प्रताप का स्वाद चखना है।"

"प्रताप! उस बेचारे का?"

"उसके प्रताप में तुझसे अधिक तेजस्विता है।"

"कौन कहता है? अपने हृदय से पूछो। तुम और वह मेरे प्रताप से चौंधिया जाते हो।"

"हम चौंधिया जाते हैं? क्या बक रहा है?"

"क्रोध न करो मृणालवती, इस चंचल जीवन को इस प्रकार क्यों खो रही हो?"

"मुझे तेरा उपदेश नहीं चाहिए।"

"तभी तो ऐसी हो गयी हो। मेरा उपदेश सुना होता तो इस प्रकार वल्कल धारण करके तुम्हें जीवन व्यतीत न करना पड़ता।"

तिरस्कार का त्याग करके मृणाल ने जिज्ञासा के भाव से पूछा, "और तुझे क्यों करना पड़ रहा है?"

पृथ्वीवल्लभ ने शरीर को लौहकाय भीम की भाँति ऐंठकर कहा, "मुझे? मैं तो सदैव सृष्टि का रसपान करता रहता हूँ। मेरा एक भी पल दुखमय व्यतीत नहीं हुआ। एक भी प्रसंग जीवन का आनन्द लिये बिना नहीं बीता। एक-एक प्रसंग से, एक-एक पल से मैंने रस संचय किया है। क्या तुमने भी ऐसा जीवन बिताया है? मेरी अधमता, मेरी दुर्दशा की बात तुम क्या कर रही हो? जब यह रस-संचयन की शक्ति चली जायगी, मैं तब की नहीं कहता; परन्तु जब तक यह मौजूद है तब तक तो मैं पृथ्वीवल्लभ ही हूँ।"

मृणाल सुनती रही। पृथ्वीवल्लभ के शब्दों में गर्व था; परन्तु आडम्बर या ढोंग का नाम नहीं। एक-एक शब्द सत्य प्रतीत हो रहा था। मृणाल को एक अननुभूत अनुभव होने लगा। अपनी सत्ता स्थापित करने के बदले वह पृथ्वीवल्लभ की शान्त और आकर्षक सत्ता के प्रताप से प्रभावान्वित हो गयी।

"तो मुंज, तू मुझे पहचानता नहीं है।"

"पहचानने की मुझे क्या आवश्यकता? मैं जानता हूँ, जो तुम हो।"

मृणालवती ने तनिक कठोरता से पूछा, "क्या हूँ?"

"मान-खण्डिता, मानिनी।"

होंठ चबाते हुए मृणालवती ने पूछा, "क्या?"

"मुझे वशीभूत करने के लिए आयी थीं और स्वयं वशीभूत होकर जा रही हो। तुम सरीखी गर्विता को वश में करने से बढ़कर और क्या सुख हो सकता है?"

इतना कहकर मुंज खड़ा हो गया। उसके प्रचण्ड तेजस्वी शरीर की मोहनी चारों ओर फैल गयी।

दाँत पीसते हुए मृणाल ने कहा, "तू मुझे वश में करना चाहता है?"

मधुर स्वर में मुंज ने कहा, "नहीं, तुम स्वतः होना चाहती हो। मेरे निकट आकर तुमने भूल की। अब तुम कुछ और ही हो जाओगी, मृणालवती! अब बिना सजीवन हुए न रहेगी!"

मृणाल ने मुंज के शब्दों का स्पष्ट अर्थ न समझा। पृथ्वी पर पैर ठोककर बोली, "मैं देखती हूँ, अब तू कब तक जीवित रहता है?"

"इस समय तो जीवित हूँ। आगे की क्या चिन्ता?"

हृदय की आकुलता मिटाते हुए मृणाल ने कहा, "देखती हूँ, तुझे क्योंकर चिन्ता नहीं होती!"

"मेरे रोम-रोम में भी कीड़े पड़ जायँ, तो मुझे चिन्ता नहीं। चिन्ता तो तुम जैसी के लिए है कि जिसके एक-एक विचार से नरक की गन्ध आती है।"

मृणाल कुछ क्षण स्थिर होकर देखती रही और बोली, "मुंज, अभी तुझे बहुत

कुछ अनुभव करना है, स्मरण रखना।'' इतना कहकर वह महल की ओर लौटने लगी।

मुंज हँस पड़ा। बोला, ''यह कौन-सी बात है? जो आनन्द मिला, वही बहुत है।''

''हाँ, पूरा-पूरा आनन्द मिलेगा।''

इतना कहकर मृणालवती क्रोधावेश में चली गयी। इस समय उसका मस्तिष्क स्थिर नहीं था।

जाते हुए उसने पृथ्वीवल्लभ का हास्य-युक्त मधुर स्वर सुना—'इससे बढ़कर और क्या होगा?'

दया

मृणालवती वहाँ से तुरन्त ही महल में पहुँची। उसके हृदय की स्थिति कुछ विचित्र हो गयी थी।

उसे प्रतीत हुआ कि वह स्वस्थ है; पर उसका रक्त खौल रहा था। हृदय में किसी अपरिचित वस्तु ने प्रवेश कर लिया था। जब वह मुंज से मिलने गयी तब और थी और इस समय कुछ और ही मालूम हो रही थी।

उसने सोचा कि अधमता के अवतार मुंज के संसर्ग से उसकी शुद्धि को कलंक लग गया है, इसी कारण उसकी दशा ऐसी हो गयी है और पुनः शुद्धि प्राप्त करने के प्रयत्न की अपेक्षा उसके हृदय में मालव-पति के प्रति तिरस्कार बढ़ रहा था। इसी से वह बार-बार उसकी दृष्टि के समक्ष आ जाता था।

उसने संसर्ग-दोष दूर करने के लिए स्नान किया और मानसिक शुद्धि प्राप्त करने के लिए ध्यान करने बैठी। वह मुंज पर बड़ी क्रोधित हो उठी थी, और उस क्रोध का—रजोगुण का आविर्भाव हो जाने के कारण—निकाल देने की चेष्टा में वह बैठ गयी।

उसकी-सी जीवन-मुक्त के पास क्रोध का क्या काम? उसे तो निर्विकार-दृष्टि से उसके पाप-पुण्य का हिसाब लगाकर ही उसके साथ व्यवहार करने की आवश्यकता थी।

मृणाल का क्रोध अस्वाभाविक था। उस क्रोध की अपेक्षा मुंज दया का पात्र अधिक था। उसकी-सी जितेन्द्रिय स्त्री क्या मुंज पर दया नहीं कर सकती? बात ठीक थी। क्रोध को शान्त करने के लिए मुंज के विषय में ही विचार करके उस पर दया लानी चाहिए। मुंज ध्यान से निकल ही नहीं रहा था, अतएव यह बात सरल भी थी।

उसे अपने संयम का ठीक-ठीक ध्यान आया। थोड़े ही समय में उसने क्रोध को दूर कर दिया और मुंज को सहानुभूति और दयार्द्र दृष्टि से देखने लगी। परन्तु किसी अज्ञात कारण से उसका हृदय चुनमुना रहा था।

यह किसलिए चुनमुना रहा है? सोचने पर इसका कारण मालूम हो गया। इस प्रकार दया करके वह पापी के प्रति सच्चा न्याय नहीं होने दे रही। वह पापी था। उसने उस जैसी स्त्री का भी अपमान किया था! उसे अपने मान-अपमान की चिन्ता नहीं थी। फिर भी पाप का दंड तो मिलना ही चाहिए।

इस मनुष्य ने कैसी निर्लज्जता की थी? कैसे पाप के पंक में वह पड़ा था? उसे स्वयं का भी ज्ञान नहीं था कि कहाँ है? उसे इसका ज्ञान करा देना चाहिए; नहीं तो यह न्याय नहीं कहलाएगा।

कौन-सा दंड दिया जाय? इसी समय उसे पुरानी रीति याद हो आयी और वही ठीक लगी।

पराजित राजाओं को काठ के पिंजरों में बन्द करके राजमहल के सामनेवाले चौक में रखा जाता था और लोगों के उपहास से उनके गर्व को गलित कराया जाता था। मुंज को यही दण्ड क्यों न दिया जाय?

वह उठी और तैलपराज के पास गयी। तैलपराज के हृदय में यह बात पैठ गयी और मुंजराज को सत्याश्रय द्वारा तैयार करवाये हुए काष्ठ-पिंजर में रखने की आज्ञा दी।

मृणाल को शान्ति मिली। अब न्याय हुआ। मुंज के सम्बन्ध में वह सोचने लगी कि अब इसकी पृथ्वीवल्लभता कहाँ गयी?

इसी समय उसने यह भी सोचा कि देखना चाहिए, यह आघात वह किस प्रकार सहन करता है।

इसमें कौन-सी बुराई थी? वह बेचारा दया का पात्र तो था, केवल न्याय का दण्ड सहन कर रहा था; परन्तु उसकी वास्तविक स्थिति पर विचार करना क्या उसकी-सी बुद्धिमती का कर्त्तव्य नहीं था?

क्यों नहीं?

रसनिधि की खिन्नता

विलासवती को इस वातावरण में कुछ अज्ञात मधुरता-सी मालूम हुई। उसके मृतप्राय अन्तर में जीवन-सा आने लगा, जैसे किसी ने उसे अमृत-पान करा दिया हो। उसका हृदय अभी पिघला नहीं था। उसके हृदय की दशा ठीक वैसी थी, जैसी सूर्य-किरणों के प्रथम स्पर्श से प्रस्फुटित होकर कुसुम-कलिका की हो जाती है। वह समझ ही नहीं

सकती थी कि यह सब क्या हो रहा है। पर जो हो रहा था, वह बड़ा ही आह्लाद उत्पन्न करनेवाला था, इसमें कोई संदेह नहीं।

अपना विवाह निश्चित हुआ देखकर वह और भी अधिक आह्लादित हो रही थी। वह सनातन रीति के अनुसार सत्याश्रय को हृदय से वर चुकी थी; उसके चरणों की पूजा करती थी; उसकी अर्द्धांगिनी बनने के स्वप्नों का अनुभव करके ही वह जीती थी। इस समय उन स्वप्नों में भी एक अज्ञात ज्वाला उत्पन्न हो गयी। यह ज्वाला अस्पष्ट थी। कारण कि संसार की आकांक्षाओं का उसे ज्ञान नहीं था।

रसनिधि से सुनी हुई रसिकता से वह अकुला गयी। सोचने लगी–'आखिर यह रसिकता है क्या?' इसके जानने की उसे बड़ी इच्छा हुई। उसने इस इच्छा को दबा देने का प्रयत्न किया। पर कहीं यह कलंक न समझा जाय? समय मिलने पर उसने बहन मृणाल से भी पूछने का निश्चय किया। परन्तु आज कोई दिखाई नहीं दे रहा था।

उसने फिर विचारा–इसके जानने में क्या हानि है? माताजी ने भी नाटक सुने हैं। पिताजी ने किसी सम्म्य अनेक सुकवियों को अपने यहाँ रखा है। तब इन कवियों से मिलकर प्रश्न हल करना क्या बुरा है?

प्रति दिन की भाँति अभी मृणालवती नहीं आयी थी; अतएव वह ईश्वर की आराधना छोड़कर अपनी जिज्ञासा सन्तुष्ट करने के प्रयत्न में संलग्न हो गयी।

कुछ समय तक वह शान्त होकर बैठी रही कि कहीं मृणाल न आ जाएँ; पर जब उनके आने की आशा न रही, तब वह साहस करके उठी। आज उसके लिए विजय-प्रसंग था। आज उसे नियमोल्लंघन का दण्ड देनेवाला कोई नहीं दिख रहा था।

इन नये विचारों को वह अपनी माता के सामने प्रकट कर उत्तर सुनना चाहती थी। इसलिए वह अपने पिता के महल की ओर चली।

भील्लम का महल राजमहल का ही एक खण्ड था और दोनों के उद्यान भी पहले एक में मिले हुए थे; किन्तु अब कई वर्षों से बीच में एक दीवार खड़ी करके उसके दो खण्ड कर दिये गये थे। उद्यान की इस दीवार में उस ओर जाने के लिए एक छोटा-सा द्वार था। उसी द्वार से विलास अपने पिता के महल में जा रही थी।

सन्ध्या हो चली थी। सूर्य के मन्द-मधुर सुनहले प्रकाश से उद्यान शोभायमान हो रहा था। विलास क्षण-भर के लिए ठहर गयी। आज उसे इस उद्यान में बड़ी रमणीयता दिखाई दे रही थी।

उद्यान के बीच में वृक्षों का एक झुण्ड था। उसके निकट पहुँचते ही उसने देखा कि भूमि पर एक मनुष्य सोया हुआ है।

विलास ने पूछा, "कौन है?"

सोये हुए मनुष्य ने आँखें मलते हुए तुरन्त चारों ओर देखा। विलास ने उसे पहचान लिया। कहा, "कौन कविराज?"

रसनिधि ने कहा, "हाँ।"

विलास कुछ हिचक गयी। उसे इस समय रसनिधि से भेंट हो जाने की आशा नहीं थी।

"आप क्या कर रहे हैं?"

"कुछ नहीं। भील्लमराज को समर्पित करने के लिए एक अष्टक बना रहा था।"

विलास ने हँसकर पूछा, "आप लोग दिन-भर कविता ही रचा करते हैं?"

रसनिधि ने कुछ दुखित स्वर में कहा, "नहीं तो।"

विलास ने उसके चेहरे की ग्लानि को देखते हुए पूछा, "आपको यहाँ किसी प्रकार की असुविधा तो नहीं है? किसी प्रकार का कष्ट तो नहीं है? किसी वस्तु की आवश्यकता हो, तो तुरन्त कहिएगा।"

सिर हिलाते हुए रसनिधि ने कहा, "मुझे जिस वस्तु की आवश्यकता है, उसे तुम किस प्रकार दे सकोगी?"

"किस वस्तु की आवश्यकता है? जिस वस्तु के लिए आप पिताजी से कहिएगा, वह तुरन्त मिल जायगी।"

"बहन विलास, अभी तुम बालिका हो। भला मेरी इच्छित वस्तु कहाँ से मिल सकती है? कहाँ मालवा और कहाँ तैलंगण!"

"कविराज, तैलंगण में किस बात की कमी है? आपने अभी कुछ देखा नहीं है, इसी से ऐसा कह रहे हैं।"

"नहीं, यह बात नहीं है। तैलंगण चाहे स्वर्ण-निर्मित ही क्यों न हो, मेरे किस काम का? मुझे तो अपनी अवन्तिका के प्रिय पुरजन, महाकालेश्वर का गगन-भेदी घण्टा-नाद, और अपने पिता की पुनीत दाह-भूमि ही प्रिय है। वह सब और कहाँ प्राप्त हो सकता है?"

"यही तो माताजी कहा करती हैं। आप भी वही कह रहे हैं। उनको भी स्यूनदेश के बिना चैन नहीं है।"

"सत्य है।"

"पर तुम्हें किस बात का दुख है? माताजी एक समय महारानी थीं, इसलिए उन्हें दुःख होता है। पर तुम तो वहाँ भी कवि थे और यहाँ भी हो। मुंजराज की अपेक्षा भील्लमराज तुम्हारा अधिक आदर करेंगे।"

रसनिधि ने फिर म्लान-मुँह हँसते हुए कहा, "विलासवती, परजनों की मित्रता से स्वजनों की सेवा ही श्रेष्ठ है।"

"मैं इसका समर्थन नहीं कर सकती।"

"कारण, तुमने स्वजन और परजन के बीच भेद नहीं समझा है।"

"आप विवाहित हैं?"

रसनिधि ने सोचकर कहा, "हाँ।"

"तब वही याद आ रहा होगा?"

"हाँ। मुझे तुम-जैसी त्याग-वृत्ति का सेवन थोड़े ही करना है।"

"देखो, उस समय मैं क्या कह रही थी? त्याग-वृत्ति का सेवन न करने ही से तो तुम्हें दुख का अनुभव हो रहा है।"

"विरह में दुखी होने के बदले निष्ठुर बनकर प्रेमीजनों को भूल जाने में मैं कोई बड़ाई नहीं समझता।"

विलास कुछ समझ न सकी। उसने अपना पैर आगे बढ़ाया। दोनों धीरे-धीरे भील्लमराज के महल की ओर चले।

"विरह किसे कहते हैं?"

"बिना प्रेम के विरह को कैसे समझा जा सकता है?" इतना कहकर रसनिधि आश्चर्य से उस अबोध बालिका की ओर देखने लगा।

विलास ने कहा, "कविराज, मेरी बात मानकर आप थोड़ी तपस्या कीजिए। आपका चित्त शान्त हो जाएगा।"

रसनिधि सिर हिलाकर बोला, "चित्त की ऐसी शान्ति का मैं क्या करूँगा? जब चित्त अशान्त है और अशान्त होने का कारण भी है, तब किसलिए यह कुप्रयत्न किया जाय? तुम्हारी ही आयु की मेरी स्त्री है। वह बेचारी रात-दिन अश्रु बहाती होगी। उसे एक-एक क्षण विषम बन गया होगा। उसे तो ऐसा दुःख सहना पड़े, और मैं स्वार्थी शान्ति के लिए तपस्या करूँ—निष्ठुर बन जाऊँ? जो सुख दे, उसके लिए दुखी होना भी एक आनन्द है।"

विलास ने कृपापूर्ण दृष्टि से देखते हुए कहा, "तब आपको दुख में भी सुख का अनुभव होता है?"

"नहीं।"

"तब?"

"दुखी न होने के लिए मैं अपने हृदय-निर्झर को सुखा डालूँ, तो फिर वह कभी सुख-सिक्त नहीं होगा।"

"यह भ्रम है। सुख, अर्थात दुख का अभाव।"

रसनिधि ने तनिक क्रोध से कहा, "कौन कहता है? तुम यह जानती ही नहीं कि सुख किसे कहते हैं। सुख का अर्थ केवल दुख का अभाव नहीं है; केवल सन्तोष ही नहीं है; सुख है तन और मन की ऊर्मियों का नृत्य। प्रातःकालीन पक्षियों की किलोलें देखी हैं? उसका नाम है सुख।"

"यह सुख कैसे प्राप्त हो सकता है?"

रसनिधि ने क्षण-भर उसके मुख की ओर देखकर कहा, "जब तुम्हारा विवाह होगा, तब ज्ञात हो जायगा। तुम्हारा विवाह कुँवर सत्याश्रय के साथ होना निश्चित हुआ है न?"

"'हाँ।'

"तो उन्हें देखकर तुम्हारा हृदय थिरक-थिरककर नृत्य नहीं करने लगता?"

"किसलिए? वे भी संयमी हैं और मैं भी।"

"उनका स्पर्श करके, उनके शब्द सुनकर, तुम्हारे हृदय को शान्ति नहीं मिलती, प्रसन्नता नहीं होती?"

"कभी-कभी होती है।"

रसनिधि बोला, "तो विलासवती, सुख और दुख का अनुभव तुम्हें किस प्रकार हो सकता है?"

विलास हँस पड़ी, "मुझे समझाइए।"

"तुम्हारा हृदय शून्य हो गया है। तुम किस प्रकार समझ सकती हो? लो, महल आ गया, जाओ।"

"कविराज, क्या आपको मुझसे वार्त्तालाप करना भला नहीं मालूम होता? आपका चित्त अस्वस्थ है—अवन्तिका में लगा हुआ है। आप दुखित होते हैं, यह मुझे ठीक नहीं लगता।"

"नहीं विलास, यह बात नहीं है। जब तुम मेरे सामने रहती हो, तब मैं अपना सब दुःख भूल जाता हूँ।"

विलास ने एक वृक्ष के थाले पर बैठकर कहा, "तो मुझे आपसे कुछ पूछना है।"

खिन्न-वदन हँसते हुए रसनिधि ने कहा, "पूछो।"

सह-धर्माचार

"किन्तु किसी से कहिएगा नहीं।"

"मैं किससे कहने जाऊँगा?"

"यदि मेरी माताजी को पता लग गया तो वे अप्रसन्न होंगी।"

"तो ऐसी बात मुझसे क्यों पूछती हो?"

विलास क्षण-भर मौन रहकर बोली, "ऐसा कोई दूसरा नहीं है, जिससे पूछूँ।"

"अच्छा, क्या पूछना चाहती हो?"

"आप विवाहित हैं?"

"हाँ।"

"विवाहित होने पर मुझे कैसा व्यवहार करना चाहिए?"

रसनिधि जोर से हँस पड़ा। बोला, "तुम क्या सोच रही हो?"

विलास इस हास्य का कारण नहीं समझ सकी। बोली, "शास्त्र में तो सह-धर्माचार करने के लिए कहा गया है।"

रसनिधि फिर हँस पड़ा। बोला, "तो बस, ठीक है।"

"परन्तु सब ऐसा कहाँ करते हैं?"

हँसते-हँसते रसनिधि ने कहा, "जिस प्रकार मनुष्य की जातियाँ भिन्न-भिन्न हैं, उसी तरह सह-धर्माचार की विधियाँ भी भिन्न-भिन्न हैं।"

"वह किस प्रकार?"

"हमारी अवन्तिका में एक लकड़हारा रहता है। वह स-पत्नीक तांडव-सह-धर्माचार करता है।"

विलास चुपचाप सुनती रही।

"प्रातः, मध्यान्ह और सायंकाल—दोनों एक दूसरे को मारते हैं।"

विलास हँस पड़ी—"फिर?"

"फिर क्या? दूसरा उदाहरण एक विप्र का है।"

"वह क्या?"

"उसका नाम है सरस्वती-सह-धर्माचार। वह और उसकी स्त्री, प्रतिदिन एक दूसरे की सात पीढ़ियों को कोसते हैं।"

"नहीं, आप परिहास कर रहे हैं?"

"परिहास नहीं कर रहा, सत्य कहता हूँ। परन्तु तुम्हें तो कई प्रकार के सह-धर्माचार सुनने हैं न?"

"हाँ।"

"तो तीसरे का नाम है—स्वेच्छा-धर्माचार।"

"अर्थात्?"

"जिसे जो ठीक जान पड़े सो करे।"

"यह भी कहीं सह-धर्माचार कहला सकता है?"

"और क्या। विवाहित होने पर जो किया जाय वही सह-धर्माचार है।"

"तो कुछ अच्छे सह-धर्माचार भी हैं, या सब ऐसे ही हैं?"

"हैं क्यों नहीं। इसके पश्चात है स्वयंभू-सह-धर्माचार।"

"अर्थात्?"

"एक पक्ष धर्माचरण करता है, पर दूसरा उसकी कोई परवाह नहीं करता।"

"यह तो बहुत बुरा है।"

"किन्तु अधिकांश लोगों को यही प्रिय है।"

"क्यों?"

"स्त्री अधिकतर धर्माचरण करती है और पुरुष..."

"हाँ, पुरुष क्या?"

"जो चाहे करे।"

"यह कैसी अधमता है?"

"इसमें अधमता की क्या बात है। एक धर्म की गाड़ी को खींचता है, और दूसरा उसमें बैठता है।"

"और?"

"और क्या, एक शुष्क-सह-धर्माचार है।"

"अर्थात्?"

"स्त्री'-पुरुष दोनों शास्त्रानुसार व्यवहार करते हैं, परन्तु न उसमें रस होता है, न प्रेम और न आनन्द।"

"तो इससे क्या?"

"यह भी अधम श्रेणी का ही आचरण है।"

"नहीं, यही आचरण श्रेष्ठ है।"

"विलासवती, आनन्द अथवा प्रेम-रहित सह-धर्माचार का क्या अर्थ है, तुम जानती हो?"

"हाँ। महाराज और जक्कला देवी का ऐसा ही शुद्धाचरण है।"

"तब तो उन जैसे अभागे और दुखी स्त्री-पुरुषों का मिलना कठिन है।"

"तो सच्चा धर्माचार कौन-सा है?"

"जहाँ अन्योन्य अखंड प्रेम हो, एक दूसरे के प्रति अनन्त रस बह रहा हो, और अहोरात्र एक-दूसरे के नयनों में, एक दूसरे के स्पर्श में आनन्द वास करता हो—उसी का नाम सह-धर्माचार है।"

विलास अकुलाकर रसनिधि की ओर देखने लगी और बोली, "आप तो सब उलटी ही बातें करते हैं।"

"नहीं, तुम्हें ही सब उलटी शिक्षा दी गयी है।"

"तो एक बात पूछ सकती हूँ?"

"खुशी से।"

"आपका सह-धर्माचार किस प्रकार का है?" विलास यह प्रश्न करके पछताने लगी। उसे राजकुमारी के पदानुसार परिजनों से इच्छित बातें पूछने की टेव पड़ गयी थी। परन्तु रसनिधि में एक अकल्पित गौरव झलक रहा था। विलास ने सोचा—'मेरा प्रश्न कहीं उसे बुरा तो नहीं लगा?'

रसनिधि के नेत्र गम्भीर हो गये, उनमें मधुरता आ गयी।

"विलासवती, मैं तो एक ही सह-धर्माचार पसन्द करता हूँ।"

"कौन सा!"

"अन्तिम।"

इतना कहकर उसने एक निःश्वास लिया। विलासवती रसनिधि के स्नेह-सिक्त मुख की ओर देखने लगी। रसनिधि के चेहरे पर उसे अनिर्वचनीय और अपरिचित भाव दीख पड़े।

"आपकी स्त्री का नाम क्या है?"

"उदयामती।"

"नाम तो बड़ा सुन्दर है।"

रसनिधि तनिक हँस दिया।

"उन्होंने काव्यों का अध्ययन किया है?"

"वह काव्यों की रचना करती हैं!"

"ओहो! तब तो न जाने कैसी होंगी।"

"जैसी देवताओं को भी दुर्लभ हो।"

विलास चुप हो गयी, और कुछ सोचने लगी। फिर बोली, "क्या मुझे भी आप यह सब सिखा देंगे?"

रसनिधि हँस पड़ा।

विलास ने दूसरे ही क्षण कहा, "मैं कोई काव्य सुनना चाहती हूँ।"

"मृणालवती अप्रसन्न होंगी।"

"वे क्योंकर जान पाएँगी?"

"तो मुझे कोई बाधा नहीं है। क्या सुनोगी?"

"माताजी किस कवि के विषय में कह रही थीं?"

"महाकवि भवभूति के विषय में।"

"उनका कौन-सा काव्य आपने पढ़ा है?"

"सभी पढ़े हैं। तुम कौन-सा सुनना चाहती हो?"

"माताजी 'मालती-माधव' का नाम ले रही थीं।"

रसनिधि ज़रा हिचकिचाया। बोला, "अच्छी बात है। तो कब सुनोगी?"

"समय निकालूँगी। समय मिलते ही आपके पास आऊँगी।"

लक्ष्मीदेवी का रणभूमि में प्रवेश

रसनिधि ने खिन्नता से सिर झुका लिया। विलास ने यह देखा, तो उसका हृदय द्रवित हो उठा। बेचारे को कैसा कष्ट है! और स्त्री की भी कैसी दशा होगी?

बिलकुल मेरी ही जैसी! एकान्त अवन्तिका-वास! पति-वियोग में मर रही होगी बेचारी। उसे त्यागवृत्ति की शिक्षा किसने दी होगी? कदाचित् ही सोचती होगी कि

संसार मिथ्या है। मेरा विवाह हो जाय, और सत्याश्रय दूर देश में कारागृह-दंड भोगें, तो मेरी क्या दशा हो?

विलास बहुत देर तक अपने हृदय में यही सोचती रही। कोमल हृदया कवयित्री उदयामती के दुख ने उसके संयमी हृदय को भी दुखी कर दिया। और, उदया का पति भी कैसा सुन्दर, कैसा विद्वान है। ऐसे पति के लिए कौन स्त्री दुखी न होगी? मेरी अपनी बात तो निराली है; परन्तु दूसरे की क्या दशा हो सकती है? इस तरह के विचारों से उसकी आँख नहीं लगी। अन्त में उसने खिड़की खोलकर बाहर देखा।

रात शान्त थी। उद्यान में चाँदनी छिटक रही थी। रसनिधि उद्यान में टहलता हुआ अपने मित्र धनंजय से बातें कर रहा था। अचानक विलास की दृष्टि उसी ओर जा पड़ी। वह एकाग्रता से देखने लगी। कल्पना करने लगी कि ये लोग क्या और कौन-सी बात कर रहे होंगे? अचानक नीचेवाला द्वार खुला और एक स्त्री बाहर निकली। विलास विस्मित और स्तब्ध होकर वहीं खड़ी रह गयी।

उसने लक्ष्मीदेवी को तुरन्त पहचान लिया। वह माता कहकर पुकारने के लिए मुँह खोलने ही वाली थी कि भय से चुप रह गयी। स्पष्ट लग रहा था कि लक्ष्मीदेवी दोनों कवियों से शयन करने को कहने जा रही हैं। विलास ने धीरे से खिड़की बन्द कर ली और पुनः सो जाने का प्रयत्न करने लगी।

लक्ष्मीदेवी होंठ पर होंठ रखे खड़ी थीं। महासामन्त तैलपराज के पास गये थे। वह उनकी बाट जोहते-जोहते थक गयी, तो खिड़की से कवियों को देखकर नीचे चली आयी। वह केवल मिलने के लिए ही नहीं आयी थी। पलकों को चढ़ाकर देर तक उसने कुछ सोचा। अन्ततः एक निश्चय पर पहुँची। उस निश्चय को पूर्ण करने के लिए ही वह बाहर निकली थी।

वर्षों से एकत्र हुई विविध वृत्तियाँ इस समय केन्द्रित हो गयी थीं। विविध विचारों की माला से एक जप आरम्भ हो गया था। धीर, किन्तु निश्चयात्मक पद-चारण करते हुए स्यूनराज की पटरानी ने रणांगण में प्रवेश किया।

वह तनिक बढ़कर, खड़ी रह गयी। रसनिधि और धनंजय किसी के पाँवों की आहट से चौंक पड़े और शांत भाव से ऊपर देखने लगे।

लक्ष्मी ने धीरे से कहा, "कविराज!"

दोनों कवियों ने एक-दूसरे की ओर देखा।

धनंजय बोला, "क्या आज्ञा है माताजी?"

लक्ष्मीदेवी ने चारों ओर देखकर कहा, "अभी तक जाग रहे हो? सोये नहीं?"

रसनिधि बोला, "अपरिचित स्थान में शीघ्र नींद नहीं आती।"

लक्ष्मीदेवी ने धीमे स्वर में कहा, "कविवर! मुंजराज को मार डालने की आज्ञा मिल गयी है।"

दोनों आश्चर्य से बोल उठे—"हैं!"

"हाँ!"

दोनों कवियों ने एक निःश्वास लिया। रसनिधि के होंठ फड़कने लगे। धनंजय ने मस्तक नवा लिया।

"क्यों धनंजय, क्या सोच रहे हो?"

"माताजी, मेरा सूर्य अस्त हो गया।"

"अभी समय है।"

सब मौन रहे।

लक्ष्मीदेवी निकट आयी और धीरे से कहने लगी, "उन्हें मुक्त करने का साहस है?"

धनंजय घबराकर पीछे हट गया; पर रसनिधि ने तीक्ष्णता से ऊपर देखा और क्षण-भर में लक्ष्मीदेवी के हृदय के भावों को जान लिया। लक्ष्मीदेवी हँस पड़ी और बोली, "मैं तो हँसी कर रही हूँ!"

रसनिधि बोला, "माताजी, आप हँसी कर रही हैं; परन्तु हमारी आन्तरिक अभिलाषा है। क्या करें? पराया देश है, पराये मनुष्य हैं। अपना दुःख किससे कहें? हम तो बन्दी हैं।"

"तुम बन्दी कहाँ हो?"

"हम नहीं हैं तो क्या हुआ? पर हमारा श्वास, हमारा प्राण, मयूरासना भगवती सरस्वती को प्रिय हमारा सम्राट कैसी दुर्दशा में है! क्या यह कम दुःख की बात है?"

"यह बात आज अखर रही है, कल भूल जाओगे।"

"माताजी, कारागृह का कलंक-चिन्ह कभी भूला जा सकता है? और वह कभी दूर हो सकता है?"

लक्ष्मीदेवी का मुख म्लान हो गया।

प्रत्येक शब्द पर जोर देते हुए रसनिधि ने कहा, "आप स्वतंत्र हैं, सुखी हैं।"

रानी ने तनिक विषण्णता से पूछा, "तुम्हें कैसे मालूम हुआ कि मैं सुखी हूँ?"

"आप तैलपराज की महारानी जक्कलादेवी की बहन हैं, उनके महासामन्त की पत्नी हैं। आपने कहाँ पराधीनता को सहन किया है या कारागृह का कष्ट भोगा है, जो आपको हमारे स्वामी पर दया आये। क्या करें; पराया देश है, कोई सहायक नहीं है, नहीं तो..." इतना कहकर रसनिधि चुप हो गया।

"हाँ-हाँ, नहीं तो क्या करते?"

"जो आपने कहा, वही करते; मुंजराज को छुड़ाते।"

"रसनिधि, भला तैलपराज के पंजे से कोई निकल सकता है?"

"सहस्त्र हाथोंवाला सहस्त्रार्जुन भी जब पराजित हो गया, तो इस दो हाथवाले तैलप की क्या बिसात है?"

लक्ष्मीदेवी हँसते हुए वार्त्तालाप करने का प्रयत्न कर रही थीं, किन्तु फिर भी उनमें गम्भीरता आ गयी। वह बोलीं, "कविराज, यह काव्य-रचना का कार्य नहीं है।"

"नहीं माताजी, यह तो कर्तव्य में काव्यों के साक्षात्कार का कार्य है।"

लक्ष्मीदेवी ने हँसते हुए कहा, "तब तो करना चाहिए।"

रसनिधि ने धीरे से पूछा, "कठिनाई केवल यही है कि हमें यहाँ किसी परिचित मनुष्य का साहाय्य प्राप्त नहीं हैं। क्या आपसे ऐसी आशा की जा सकती है?"

लक्ष्मीदेवी ने रसनिधि के कहने का तात्पर्य समझ लिया। उन्होंने कहा, "साहाय्य तो भोलेबाबा से सदा ही प्राप्त हो सकता है। हमारे राजमहल के मन्दिरवाले भोलेबाबा पर लोगों का बड़ा विश्वास है। यदि वहाँ जाकर मुंजराज उनको एक विल्व-पत्र चढ़ाएँ, तो वह दूसरे ही क्षण आकाश मार्ग से अवन्तिका पहुँच जायँ, ऐसा उनका प्रताप है।"

रसनिधि इन शब्दों का अर्थ समझने के लिए, नत-मस्तक, क्षण-भर नीचे देखता रहा। फिर बोला, "बस, यही न? आपका विश्वास है? पर यह हो कैसे सकता है? भगवान शूलपाणि साधन जुटा दें, कुदाली-फावड़ा भेज दें, तब तो?"

"रसनिधि, तुम्हारी कल्पना-शक्ति बड़ी तीव्र है।"

"बिना उसके मैं कवि कैसे हो जाता? अच्छा, माताजी, भगवान शंकर को प्रसन्न करने का कोई उपाय बतलाइए।"

"हृदय में श्रद्धा रक्खो।"

"हमारे लिए तो स्यूनाधिप की महारानी ही साक्षात् श्रद्धा का अवतार हैं।" धनंजय बीच में ही बोल उठा, "यह श्रद्धा सर्वदा फूले-फले।"

लक्ष्मीदेवी ने भँवें चढ़ाकर कहा, "रसनिधि, वज्र जैसा हृदय है?"

"है।"

"तो इधर आओ।"

बिना बोले लक्ष्मी और रसनिधि एक-दूसरे के शब्दों का अर्थ समझ गये। आगे-आगे लक्ष्मी और पीछे दोनों कवि। इस प्रकार तीनों जने महल के एक एकान्त भाग की ओर मौन-मुख चलने लगे।

महल का एक खण्ड जीर्ण हो गया था। उसका सुधार हो रहा था। लक्ष्मीदेवी उसी ओर गयीं। कुछ ही दूर एक वृक्ष के नीचे फावड़े, कुदाली इत्यादि रखे हुए थे। लक्ष्मी ने अँगुली उठाकर संकेत से उन्हें दिखलाया और रसनिधि ने सब कुछ समझकर स्वीकृति-निदर्शक सिर हिला दिया।

वहाँ से थोड़ी दूर वृक्षों के समूह में एक बावड़ी थी। लक्ष्मी दोनों कवियों को उसके पास ले गयीं।

लक्ष्मी ने धीमे स्वर से कहा, "इस बावड़ी का गुप्त मार्ग राजमहल के नीचे तक गया है। और जिस स्थान पर यह खुलता है, वहाँ से तीस हाथ की दूरी पर दूसरे गुप्त मार्ग में..."

"मुं..."

लक्ष्मी ने होंठ पर अँगुली रखकर रसनिधि को चुप कर दिया। फिर जैसे सब गये थे, उसी तरह अन्धकार में छिपते हुए लौट आये। अपने पूर्व स्थान पर आकर तीनों ने दम लिया।"

"यही हमारे महल का शिवालय है। जानते हो, इन महादेव के विषय में क्या प्रसिद्ध है?"

"नहीं।"

"कहते हैं कि प्रतिदिन रात्रि को वे नगर के बाहर, भुवनेश्वर महादेव के मन्दिर में भैरव से मिलने जाया करते हैं।"

"किस प्रकार?"

"इनका नन्दी बड़ा शक्तिधर है। मन्दिर से लोप होकर, पाताल-मार्ग से भुवनेश्वर के मन्दिर में पहुँचता है।"

"यह बात है?"

"हाँ, भगवान को प्रसन्न करना चाहिए।"

आकांक्षा और विश्वासपूर्ण स्वर में रसनिधि ने कहा, "माताजी, शिव भगवान अवश्य प्रसन्न होंगे।"

"अच्छा, अब भगवान शंकर की बात समाप्त करो। महाराज आते होंगे, मैं जाती हूँ।"

कृतज्ञतापूर्ण स्वर में रसनिधि ने कहा, "अच्छा माताजी, आज से आप ही हमारी कुलदेवी हैं।"

"तुम्हारी कुलदेवी?"

जिह्वा को दाँतों-तले दबाते हुए रसनिधि ने कहा, "मैं भूला, अवन्तिनाथ की।"

"मैं अपने स्यून-राज की ही बनी रहूँ, तो बहुत है।"

काष्ठ-पिंजर

आज रात मृणालवती को नींद नही आयी। वह सदैव निश्चिन्त होकर सोया करती थी; किन्तु आज उसे एक नया अनुभव हो रहा था। उसने सो जाने के लिए बड़ा प्रयत्न किया, परन्तु फल कुछ न निकला। वह ध्यान करने बैठी, परन्तु वह भी नहीं रुचा। मुंज के पाप-पुण्य का हिसाब लगाने में ही उसे सच्चा सार प्रतीत हुआ।

समय बीतने लगा, परन्तु उसे निद्रा नहीं आयी और न मुंज ही उसकी दृष्टि से ओझल हुआ। पापी मुंज को कुचलकर उसके पापों का फल देना चाहिए, अथवा उस पर दया करके पुण्य का मार्ग दिखाना चाहिए? दोनों उपायों में से वह कोई निश्चय

न कर सकी। उसे दुख पहुँचाकर, कष्ट देकर, उसके पापों का प्रायश्चित्त कराने की इच्छा हुई; कभी उसकी आत्मा का उद्धार करने के लिए उसे निष्कलंक-जीवन का पाठ पढ़ाने का मन हुआ। हृदय ने कोई निर्णय नहीं किया और प्रातःकाल निकट आ पहुँचा।

उसने निर्णय को अभी स्थगित कर दिया। मुंज को काठ के पिंजड़े में रखने की आज्ञा तो हो ही चुकी थी, अतएव यदि वह उससे सीधा हो जाय, उसे सद्बुद्धि आ जाय, तो निर्णय करना सरल हो जायगा; मृणाल ने सोचा। वह अपने मन में मुंज को बड़ा दुर्बुद्धि समझ रही थी और तैलप तथा स्वयं को अखण्ड प्रतापवान, नीतिवान और न्यायी। उसे यह दृढ़ विश्वास था कि अपनी व्यावहारिक नीति और न्याय से ही तैलप की विजय हुई है।

सूर्योदय होते ही स्नान-ध्यान करके वह राजमहल की अटारी पर आ गयी; और उसे देखते ही जक्कला तथा लक्ष्मी भी वहाँ जा पहुँचीं। पापियों को पददलित होते हुए देखने में ही सत्य की विजय समझी जाती थी; अतएव राजमहल के सभी नर-नारी इस प्रसंग पर एकत्र हो गये।

राजमहल के चौक में भी नागरिकों का जमघट लगा हुआ था। राजमहल की एक दीवार के पास ही काठ का एक बहुत बड़ा पिंजरा रखा हुआ था।

बारी-बारी से कई नरेश, तैलपराज के बाहु-प्राबल्य से विवश होकर, इस पिंजरे में अपने पाप का पश्चात्ताप करने आये।

तिरस्कारपूर्ण हँसी हँसते प्रजा-जनों के समक्ष सारे दिन खड़े रहना बड़े-बड़े गर्वीलों का भी गर्व गलित कर देनेवाला अनुभव था। जो कभी साधारण मनुष्य के संसर्ग में भी नहीं आये थे, उनके पास सब प्रकार के मनुष्य आते, उनकी हँसी उड़ाते, किसी समय थूक भी देते, कभी ढेले फेंकते, और अनेक कटु वचनों से उन्हें उनकी स्थिति का भान कराते। जो सिंहासन अथवा अम्बारी के अतिरिक्त, छत्र और चँवर के बिना कभी बैठते ही न थे, वे विवश होकर खड़े रहते, थककर दुख से पिंजड़े में बैठ जाते, अथवा सो जाते।

यह युक्ति अच्छे-अच्छों का मान भंग कर देती थी; इन्द्र की भी कान्ति फीकी हो जाती थी; कर्ण जैसे दानी भी दीन बनकर मृत्यु की याचना करते थे। दुर्दशा के ऐसे अनुभव से प्रत्येक मनुष्य अपनी जिह्वा काटकर, माथा पटककर मृत्यु की शान्ति पाना चाहता था। और ऐसे निष्फल प्रयत्नों से लोग हँसते, बन्दी दुखित होता, और तैलपराज की कीर्ति दशों दिशाओं में छा जाती।

मृणाल की विवेक-बुद्धि जड़ नहीं थी; उसे विश्वास था कि इस पिंजड़े में मुंज का गर्व गलित होने पर ही सत्य की विजय होगी।

दर्शकों की भीड़ बहुत बढ़ गयी। सैनिक बड़ी कठिनता से लोगों को पिंजड़े से दूर रखने में सफल हुए।

सब टकटकी लगाकर देखने लगे। मृणाल के स्वस्थ हृदय पर अधीरता—केवल अधीरता का ही प्रहार होने लगा; महल के द्वार से चार सैनिक, मुंज के हाथों को पीछे बाँधे उसे पिंजड़े में बन्द करने के लिए लाये।

उसके मुख पर वही शान्ति और गौरव था, नेत्रों में वही तेज और हास्य था और प्रचंड शरीर पर वही स्वस्थता थी। उसने बड़े चाव से पिंजड़े में प्रवेश किया, मानो हाथी पर सवार हो रहा हो, और तनिक हँसकर चारों ओर देखा।

उसके आने पर लोगों ने कुछ हाहा-ठीठी आरम्भ कर दी; परन्तु उसका स्वरूप, उसका शरीर और उसका हास्य देखकर सब लोग शान्त होने लगे। उसे पकड़कर लाने वाले एक सैनिक से न रहा गया। बोला, "क्यों पृथ्वीवल्लभ, प्रसन्न तो हो?"

मुंज ने उसकी ओर मुड़कर देखा और आनन्द से हँसकर अपना स्तम्भ का-सा पैर उठाकर उसे एक ऐसी लात जमाई कि वह बेचारा ठुकराये हुए पत्थर की तरह लुढ़क कर दूर जा गिरा।

साथ ही मुंज ने उच्च स्वर में कहा, "हाँ भाई, तुम्हें देखकर विशेष प्रसन्न हुआ।"

लोग खिलखिलाकर हँसने लगे, तालियाँ पीटने लगे और मार्ग में निराधार पड़े उस सैनिक की हँसी उड़ाने लगे। अटारी पर खड़ी हुई स्त्रियाँ भी अपने हास्य को नहीं रोक सकीं। दूसरे सैनिकों ने शीघ्र ही पिंजड़े से बाहर निकलकर द्वार बन्द कर दिया।

दूसरे सैनिकों ने उस सैनिक को बड़ी कठिनता से खड़ा किया। उसका कराहना सुनकर लोग हँस रहे थे और मुंज भी हँस रहा था।

सैनिक को जब उठाकर खड़ा कर दिया गया, तो पिंजड़े में से मुंज ने पूछा, "भाई, तुम तो प्रसन्न हो?"

लोग फिर खिलखिलाकर हँस पड़े। मुंज के प्रति द्वेष-भाव भूल गये और उसके इस खिलवाड़ से प्रसन्न हो गये।

इस खिलवाड़ से हँसता हुआ मुंज चारों ओर आनन्द से देखने लगा। उसने अटारी पर दृष्टि डालकर मृणालवती की ओर देखा और मस्तक नवाकर नमस्कार किया। जक्कला तनिक हँसी; किन्तु लक्ष्मी खिलखिलाकर हँस पड़ी। केवल मृणाल हाथों को मलते हुए देखती रही। सोचने लगी—इस पापी के हृदय में तनिक भी खिन्नता नहीं दिखाई देती। इसका गौरव अखण्ड है, इसकी स्वस्थता निश्चल है। क्या यह मनुष्य धूल चाटता हुआ नहीं दीख पड़ेगा।

मुंज ने पिंजड़े के आसपास खड़े हुए जन-समूह की ओर देखा। उसने विनोद से हँसते हुए कहा "तुम लोग यह क्या कर रहे हो? तुम्हें लज्जा नहीं आती? तुम्हारा राजा आज अवन्ति-पति को पकड़कर ले आया है और तुम ऐसे सादे वस्त्र पहने हुए मूढ़ों की तरह खड़े हो? जाओ, जरा छैला बन आओ। तैलंगण की सुन्दरियाँ कहाँ हैं? स्त्रियों के बिना भी कहीं विजय-उत्सव हुआ है? राग-रंग आदि सभी सामग्रियाँ चाहिए।"

पास खड़े हुए लोग पुनः हँस पड़े। मुंज ने एक छोटी-सी बालिका को बुलाया– "इधर आओ, तुम्हें गाना आता है?"

"गाना?"

"पगली! यदि अवन्ति होती, तो तुझ जैसी बालिकाएँ गातीं, बजातीं और नाचतीं। अच्छा, तुझे नाचना आता है?"

"नहीं।"

"धत्तेरे की! कुछ बजाना भी आता है?"

"नहीं।"

"कैसे मनुष्य हो तुम? बेचारा तैलप जीतकर आया है, और तुम उसे गा-बजाकर बधाई भी नहीं देते। अच्छा आओ, मैं तुम्हें सिखाता हूँ। तुम संस्कृत जानती हो?"

"जी नहीं।"

"अच्छा मैं सिखाता हूँ। देखो, मुझे तुम्हारी तैलंगिणी आती है या नहीं – 'तैलप-नृपति-नगरी-सदा, रस गान-तान-विहीन है'।"

नीचे झुककर स्नेहपूर्ण स्वर में मुंज ने पूछा, "बता, ठीक है या नहीं?"

बेचारी बालिका लज्जित होकर नीचे देखने लगी। लोग हँसने लगे।

"बोल, बोल, घबराती क्यों है? देख, मैं गाता हूँ।"

बालिका ने ऊपर देखा। इतना सुन्दर स्वर, इतना प्रतापी मुख और इतनी श्रद्धा से आकर्षित कर लेने वाली दृष्टि देखकर उसकी घबराहट दूर हो गयी; वह मुंज के साथ धीमे स्वर में गाने लगी – तैलप-नृपति-नगरी सदा...

मुंज ने कहा, "शाबाश! गाओ, गाओ–रस-गान-तान-विहीन है।"

बालिका ने गाया, लोगों ने भी स्वर साधा। मुंज ने स्वर ऊँचा करके दूसरा चरण गाया–"पद पकड़ पृथ्वीनाथ को, रक्खे हुए वह दीन है।"

मुंज के संस्कारशील, सरस और उच्च स्वर की प्रतिध्वनि शान्त हो गयी। लोगों के हृदय में घबराहट का संचार हो आया और उनके भयपूर्ण नेत्र अटारी में बैठी हुई मृणालवती की ओर घूम गये।

मुंज ने विनोद के साथ पूछा, "क्यों, मृणालवती से डर रहे हो? डरने की कोई आवश्यकता नहीं। उन्होंने भी यह बात स्वीकार की है।"

यह बात मुंज ने इस प्रकार कही कि मृणाल सुन ले। मुंज का मधुर और हास्यपूर्ण स्वर चारों ओर फैल गया। मृणाल के क्रोध का पार नहीं रहा। उसके नेत्रों में बिजली-सी चमक उठी। वह अस्वस्थ-सी हो गयी। अपनी अस्वस्थता को छिपाने के लिए वह तुरन्त ही वहाँ से चली गयी।

अटारी में अशान्ति-सी छा गयी। जक्कलादेवी भी वहाँ से चली गयीं और दासियाँ भी। केवल लक्ष्मीदेवी प्रफुल्लवदन बैठी देखती रहीं।

मुंज उस बालिका की ओर घूमा, "हाँ बेटी, पूरा तो करो–"

"तैलप-नृपति-नगरी सदा रस-गान-तान-विहीन है।"

पद पकड़ पृथ्वीनाथ को रक्खे हुए वह दीन है।'

बोलो, बोलो, गाओ।"

कई मनुष्यों ने डरते-डरते गाया।

इतने में राजमहल से पच्चीस-तीस अस्त्रधारी सैनिक आये, और लोगों को छिन्न-भिन्न करने के लिए उन पर टूट पड़े।

लोग अपने प्राण लेकर भाग गये। मुंज पिंजड़े के अन्दर खड़ा-खड़ा हँसता रहा। सामने अटारी पर लक्ष्मी ने उस हास्य को प्रतिबिंबित किया।

माधव का संयम

दूसरे दिन प्रातःकाल रसनिधि स्नान-संध्या करके विल्व-पत्र चढ़ाने के लिए लक्ष्मीदेवी के बताये हुए शिव-मन्दिर में गया।

शिवालय में विलास को ध्यान करते देख रसनिधि थोड़ी देर के लिए खड़ा रह गया। वह कोमल लावण्यवती बालिका पद्मासन लगाये हुए थी और अरसिक वृद्धों को शोभा देनेवाले उस आसन को मोहक बना रही थी। उसके नेत्रों की छटा को, उसके अंगों की अस्पष्ट किन्तु अपूर्व रेखाओं को, वह कवि की दृष्टि से देखने लगा और देखते-देखते उसका हृदय वैराग्य की उस ज्वलन्त ज्वाला से मुरझानेवाली वल्लरी को रससिंचन द्वारा हरा करने के लिए व्याकुल हो उठा।

उसने दृष्टिपात कर नन्दी को देखा। निकट जाकर शंकर पर विल्व-पत्र चढ़ाया और द्वार के आगे जाकर विलास के ध्यान-मुक्त होने की प्रतीक्षा करने लगा।

इसी समय किसी के आने की पदचाप सुनाई दी। रसनिधि ने घूमकर सत्याश्रय को आते देखा। वह सीढ़ियों पर पैर रखता हुआ नीचे उतरने लगा, जैसे विल्व-पत्र चढ़ा कर लौट रहा हो।

सत्याश्रय ने कठोरता से भँवें तानकर पूछा, "कौन है?"

"मैं अवन्ति-नाथ का कवि हूँ।"

"जिन्हें महासामन्त छुड़वाकर ले आये हैं?"

इस तिरस्कारपूर्ण प्रश्न से रसनिधि भी स्थिर दृष्टि से देखता रहा। उसने कहा, "हाँ।"

"यहाँ क्यों आये हो?"

रसनिधि ने उद्धत स्वर में कहा, "शंकर-दर्शनार्थ।"

"तुम्हारे लिए नगर में अनेक शिवालय हैं। इसमें आने की किसी को आज्ञा नहीं है।"

"शिव-मन्दिर सर्वदा सबके लिए होता है। हमारे यहाँ तो यही नियम है; यहाँ का मुझे ज्ञात नहीं।"

सत्याश्रय ने उसे सत्तापूर्ण दृष्टि से देखा और ऐसे साधारण मनुष्य से वाद-विवाद न करके उसने केवल यही कहा, "अच्छा, अब तो ज्ञात हो गया?"

रसनिधि के उत्तर देने से पूर्व ही सत्याश्रय वहाँ से चला गया। कवि होंठ चबाते हुए क्षण-भर देखता रहा। उसके हृदय में सरस्वती के भक्त को शोभा न देनेवाला क्रोध उत्पन्न हो गया था।

वह मन्दिर के पीछे जाकर खड़ा हो गया। थोड़ी देर में जब सत्याश्रय मन्दिर से निकलकर राजमहल में चला गया, तब रसनिधि फिर मन्दिर में आ गया। विलास महादेव की पूजा कर रही थी।

रसनिधि ने पूछा, "क्यों विलासवती, क्या कर रही हो?"

"ध्यान कर रही थी, अभी निवृत्त हुई हूँ।"

"ऐसे रमणीक प्रभात में तुम्हें यहाँ पर बन्दी होकर रहना भला मालूम होता है?"

"बन्दी होना कैसा? मुझे तो यह बात नहीं मालूम होती। ध्यान किये बिना चित्त-वृत्ति का निरोध कैसे होगा?"

"मैं नहीं समझता कि चित्त-वृत्ति का निरोध क्यों करना चाहिए।"

"यही देखिए, उदयामती के बिना आपको कितना दुःख सहना पड़ता है? यदि चित्त-वृत्ति का निरोध किया जाय, तो इसे सहन न करना पड़े।"

रसनिधि हँस पड़ा। बोला, "ज्ञात होता है, उदयामती तुम्हारे हृदय पर अंकित हो गयी है।"

"हाँ, रात-भर उसके और उस नाटक के ही स्वप्न मुझे आते रहे।"

"यही तुम्हारा निरोध है?"

विलास ने हँसते हुए स्वीकार किया, "मुझमें कुछ विकार आ गया है, यह सच है। परन्तु मैं तो अभी कच्ची हूँ।"

"भगवान शिव न करें कि तुम पक्की हो जाओ!"

विलासवती ने मौन-मुख शंकर पर पुष्प चढ़ाये और प्रणाम करके वह खड़ी हो गयी।

"अब कहाँ जाओगी?"

"तनिक मृणाल बहन को प्रणाम कर आऊँ।"

"पृथ्वीवल्लभ पिंजड़े में बन्द किया जानेवाला है। वे यही देखने गयी हैं।"

"तब क्या करूँ? आप अपना वह नाटक ही सुनाइए। कहीं जाना तो नहीं हैं?"

रसनिधि बोला, "नहीं। नाटक सुनकर क्या करोगी? उसमें शुष्क वैराग्य नहीं है,

संयम नहीं है, और चित्त-वृत्ति का निरोध भी नहीं है। उसमें तो दो निर्दोष, पवित्र हृदय प्रेमी बालकों की कथा है। वे एक-दूसरे को प्राणों से भी अधिक प्यार करते और एक-दूसरे को देखने में ही मुक्ति की सिद्धि मानते थे। उनके हृदय में त्याग का अंधकार नहीं था; उनकी चित्त-वृत्तियों पर उपवास का अंकुश नहीं था। तुम उनकी कथा सुनकर क्या करोगी?''

''माताजी ने भी उसे सुना है, तो मैं क्यों न सुनूँ?''

रसनिधि ने रसभरी दृष्टि से विलास की ओर देखकर कहा, ''तो सुनो। विदर्भराज के अमात्य देवरात का पुत्र माधव अध्ययन करने के लिए पद्मावती आया। वहाँ अचानक मदनोद्यान में अमात्य भूरिवसु की कन्या मालती को देखकर वह प्रेमोन्मत्त हो गया।''

''प्रेमोन्मत्त?''

''हाँ। तुम्हारी भाषा में कहा जाय, तो उसने एक प्रकार के संयम का अनुभव किया।''

''वह किस प्रकार?''

''उसने मालती पर चित्त लगाकर धारणा की; उसके लिए एकान्त ध्यान किया; और उसे देखकर वह अपना स्वरूप भूल गया—यही समाधि है— त्रयमेकत्र संयमः।''[1]

विलास की हँसी का पार न रहा, ''क्या कहना है उसके संयम का!''

''तुमको जिसका अनुभव करने में वर्षों लग जायँगे उसका उसने क्षण-भर में अनुभव कर लिया।''

''फिर?''

''फिर क्या, मालती के बिना वह बेचारा अधीर हो उठा। उसने अपने मित्र से अपना दुःख कहा...''

''क्या कहा?''

''उसे देखकर मेरा यह हृदय विस्मय विमुग्ध हो गया, भावशून्य बन गया, और आनन्द से उत्फुल्ल हो गया; जैसे अमृत-निर्झर में स्नान कर लिया हो। पर उसके जाते ही वह एक अकल्पित अग्नि से जलने लगा। विवेकहीन हो गया।''[2]

''बुरा हुआ बेचारे का!''

''इतना ही नहीं, विवेक के विनाश से, बुद्धिगत मोह के विकार ने उसे ऐसा सन्तप्त किया कि जिसका वर्णन नहीं किया जा सकता। बेचारा भ्रमित हो गया। नेत्रों में अश्रु भरकर अपने मित्र मकरन्द से कहने लगा—'मित्र मकरन्द, मुझे सामने पड़ी हुई वस्तु भी नहीं दिखाई देती। सरोवर के शीतल जल और चन्द्रिका से भी मेरे ताप का

---

1. पातंजलि योग-दर्शन।

2. मालती-माधव।

शमन नहीं होता। भाई, किसी बात में मन नहीं लगता—चित्त अशान्त रहता है, न जाने क्या-क्या देखता है'।"[1]

रसनिधि केवल कथा ही नहीं कह रहा था; वह भावों का भी अनुभव करता जा रहा था। विलास, शिवालय और मान्यखेट को वह भूल गया; उसकी आँखों में एक नया ही तेज छा गया। धीमे स्वर में, भवभूति के शब्दों में अपने हृदय के उद्गार प्रकट करने लगा—

"संसार में चन्द्रकला है—और भी अनेक विजयिनी वस्तुएँ हैं जो प्रकृति से मधुर बनकर हृदय को आनन्द देती हैं। परन्तु जब मेरी विलोचन-चन्द्रिका मेरी दृष्टि में आयी, तभी मेरे जीवन का महोत्सव हुआ। ऐसा महोत्सव करनेवाली को कौन भूल सकता है? माधव का क्या अपराध था? वह तो मालती को यहाँ-वहाँ, आगे-पीछे और बाहर-भीतर, दशों दिशाओं में देखने लगा।"[2]

रसनिधि मौन हो गया। उसने दीर्घ श्वास लिया। बोलते-बोलते उसका हृदय विगलित हो गया था। निःश्वास छोड़कर उसने कहा, "जिसने इसका अनुभव ही नहीं किया हो, वह प्रेम-समाधि को क्या समझेगा?"

विलास तो इन शब्दों से और इस भाव से दिग्मूढ़ होकर देखती रह गयी। उसके नेत्रों में अश्रु भर आये।

रसनिधि ने भी अपनी धोती के छोर से आँखें पोंछकर कहा, "विलासवती, यह इस नाटक का पहला अंक है।"

"कविराज, आपके नेत्रों में भी अश्रु आ गये?"

"क्यों न आयें? मैं भी तो माधव की स्थिति को भोग रहा हूँ। कहाँ मैं, और कहाँ मेरी उदयामती?"

क्षण-भर तक दोनों मौन धारण किये खड़े रहे।

विलास ने आश्वासन देते हुए धीरे और स्नेह-सिक्त स्वर में कहा, "नाटक का शेषांश अब फिर सुनाइएगा।"

"जैसी इच्छा।" कहकर रसनिधि ने पुनः निःश्वास लिया।

स्नेहपूर्ण हृदय और अश्रुसिक्त नयनों से विलास देखने लगी।

कुछ क्षण मौन रहकर रसनिधि बोला, "तो चलना चाहिए। मुझे आज्ञा?"

"अच्छा।" कहकर मौन धारण किये हुए दोनों अपने-अपने स्थान की ओर चल दिये।

---

1. मालती-माधव।
2. मालती-माधव।

पुनः एक प्रयत्न

मृणालवती का क्रोध संयम की मर्यादा लाँघकर आगे बढ़ गया। जप, तप, ध्यान अथवा पारायण से भी वह न रुक सका। पृथ्वीवल्लभ का विजयी हास्य उसके नेत्रों के आगे नृत्य करने लगा—सब पर सत्ता जमाने लगा। शान्त, समतल और शुष्क मरुस्थल पर फिर समुद्र की तरंगें लहराने लगीं।

वह अधमता को स्वाद चखाने गयी थी; पर स्वयं ही चखकर लौटी। मन में शंका हुई—विजेता कौन है? मैं या पृथ्वीवल्लभ? वह मुंज के विषय में इस उपनाम से कभी नहीं सोचती थी; परन्तु किसी अज्ञात कारण से उसे भास होने लगा कि यह नाम मुंज ही का है। यह भास होते ही उसकी आकुलता बढ़ने लगी।

हृदय में एक अस्पष्ट विचार उत्पन्न हुआ कि वह पुरुष कैसा अद्भुत और अप्रतिम है। किन्तु बुद्धि की सहायता से उसने इस विचार को दबा दिया। भ्रम देखकर, उसे दूर करने का प्रयत्न करने लगी। उसमें क्या विशेषता है? वह केवल मनुष्य जैसा ही मनुष्य तो है। हजार बार उसने इस विचार को दुहराया, परन्तु हृदय में अलक्ष्यवाणी से इस प्रश्न की प्रतिध्वनि हुई—'क्या वह मनुष्य जैसा ही है? साधारण मनुष्य है?'

मध्याह्न हुआ। भगवान भुवनभास्कर के प्रताप से भीत होकर नगर-निवासी अपने-अपने घरों में घुस बैठे। मार्ग शून्य हो गये। नगर में निर्जनता जैसी शान्ति छा गयी। अपने एकान्त गृह की निर्जनता में भी विचित्र विचारों द्वारा उत्पन्न घनी बस्ती में वह आकुल और दुखित होकर बैठी थी।

उसका प्रभावशाली मस्तिष्क इस नयी व्याकुलता का नाश करने के लिए और मुंज को अपने दृढ़ स्वभाव से डिगाने के लिए नये-नये प्रयोगों का आविष्कार करने लगा। आविष्कार तो अनेक किये; परन्तु उपाय कोई न मिला।

उसने खिड़की खोली। मार्ग निर्जन था। गरम हवा चल रही थी। पर उसकी कष्ट-सहिष्णुता और निर्द्वंद्वता के सामने इस ताप की कोई बिसात नहीं थी। फिर भी उसके हृदय में एक अस्पष्ट अग्नि जलने लगी। जैसे वन में दावानल प्रज्वलित होने के पूर्व पत्तों से धुआँ उठने लगता है। इस प्रकार इस अग्नि ने उसके हृदय को झुलसाना आरम्भ कर दिया था।

थोड़ी दूर एक अटारी पर एक स्त्री अपने वस्त्र सुखा रही थी। ग्रीष्म के प्रताप से निर्जन बना हुआ नगर श्मशान के समान शान्त था। उस शान्ति में वह स्त्री गा रही थी, सुनाई पड़ा—

"तैलप नृपति नगरी सदा..."

मृणाल के नेत्रों से अग्नि-स्फुलिंग निकलने लगे। वह क्रोध की भयंकर ज्वाला को

शान्त करते हुए काँप उठी। इच्छा हुई कि एक धुनर्धारी सैनिक को बुलाकर उस स्त्री को बिंधवा दिया जाय; परन्तु कुछ सोचकर उसने इस मूर्खतापूर्ण इच्छा का दमन किया। इन सब अशान्तियों का कारण तो केवल मुंज था। इस निरपराध प्रजा से क्यों उसका बदला लिया जाय?

वह क्रोध को रोककर फिर विचार करने लगी—'किस प्रकार मुंज का गर्व गलित किया जाय? काष्ठ-पिंजर तो मुंज की महत्ता स्थापित करनेवाला सिंहासन बन गया है। तैलंगण की प्रजा उसके शब्द सुनकर अपने कर्त्तव्य का भी उल्लंघन कर रही है। अब क्या उपाय हो?'

वह दूसरी अटारी पर गयी। वहाँ से पिंजड़ा दिखाई पड़ रहा था। उसकी आज्ञा से सैनिक-गण पिंजड़े को चारों ओर से घेरे हुए पहरा दे रहे थे।

इस ताप में—इस स्थिति में भी मुंज ज्यों-का-त्यों खड़ा था। वह दो-तीन सैनिकों से वार्त्तालाप कर रहा था। उसका मुख सहास्य था, उसके नेत्र उत्फुल्ल थे, उसका गौरव अभंग था, उसका अनत शरीर प्रभावदर्शी तेज का प्रसार कर रहा था।

अटारी की खिड़की खुलते ही मुंज ने ऊपर की ओर देखा और प्रतापी, सुन्दर और अपूर्व मुख-धनुष्य से एक भंयकर हास्य-बाण मृणाल की ओर छोड़ा। क्रोध से पृथ्वी पर पैर पटककर वह अटारी से लौट आयी और जोर से द्वार बन्द कर लिया।

विकराल स्वर से उसने पूछा, "कोई है?"

एक दासी आयी, "आज्ञा?"

"नायक रणमल्ल हैं?"

"देख आती हूँ।"

क्षण-भर मृणाल इधर-उधर पद-चारण करती रही। नायक आ पहुँचा। कठोरता से उसने कहा, "रणमल्ल!"

उस कठोर स्वर से काँपता हुआ वह हाथ जोड़कर बोला, "आज्ञा?"

"इस प्रकार तुम्हारे सैनिक पहरा देते हैं?"

"किस प्रकार?"

मृणाल ने जाकर अटारी का द्वार खोला और रणमल्ल को वह काष्ठ-पिंजर दिखाया, "यह पहरा दे रहा है या खेल कर रहा है? प्रत्येक सैनिक से कह दो कि यदि किसी ने भी मुंज से वार्त्तालाप किया, तो उसका वध कर दिया जायगा।"

"जो आज्ञा।" कहकर नायक वापस लौटा।

ज्यों-ज्यों सन्ध्या होने लगी, त्यों-त्यों मृणाल के हृदय में भी शान्ति स्थापित होने लगी और यह क्रोध उसे निरर्थक जान पड़ा। मुंज पापी था; अब उसे वह अधिक दया का पात्र लगने लगा। ऐसे मनुष्य पर क्रोध करना उसे भ्रम मालूम हुआ। अधम पर क्रोध करना, उसे त्याज्य रीति से तड़पाना, मृणाल को अपने नियम के विरुद्ध प्रतीत हुआ। मुंज बिलकुल बुरा तो नहीं है। प्रत्येक मनुष्य के हृदय में किसी सद्गुण का

स्तम्भ होता ही है और उसके आधार पर यदि पुनः रचना की जाय, तो अवश्य ही वह हृदय निष्कलंक बन जाय। उसे अपनी भूल पर पश्चात्ताप हुआ। यदि उसने मुंज को अधिक बातें करने दी होतीं, तो अवश्य ही उसके स्वभाव में छिपे हुए सद्गुण का स्तम्भ हाथ लग जाता। इस विचार-माला के मनकों को गिनते हुए, उसे अपनी अपूर्णता का भान हुआ और पूर्णता प्राप्त करने का जो विश्वास था, वह नष्ट होने लगा।

सन्ध्या समय तैलप आया।

''बहन, आज तुम्हारे दर्शन नहीं हुए?''

मृणाल असमंजस में पड़ गयी। जीवन में यह पहला अवसर था कि उसे उत्तर नहीं सूझा। फिर भी कहा, ''तुम्हारी कीर्ति का विचार कर रही थी।''

''अब कौन-सा विचार शेष रहा है?''

''मुंज का गर्व अभी गलित नहीं हुआ, अतएव सब कुछ शेष है।''

तैलप के छोटे-छोटे नेत्रों में रक्तिमा आ गयी। वह बोला, ''हाँ, मैंने सुना है कि वह काष्ठ-पिंजर में भी अपनी निर्लज्जता को नहीं त्यागता।''

''हाँ, मैं भी उसका गर्व गलित करने का उपाय सोच रही हूँ।''

''अब सोचने की आवश्यकता नहीं। कल राज-सभा में उसे बुलाया जायगा, मैं भली-भाँति उसका गर्व गलित कर दूँगा।''

''ठीक है। घबराओ मत। मैं उससे उसके दुष्कर्म का पूरा-पूरा पश्चात्ताप कराऊँगी।''

तैलप ने कहा, ''तुम्हारे प्रभाव पर मुझे श्रद्धा है। और कल राज-सभा में जब उससे पाद-प्रक्षालन कराऊँगा, तो वह सीधा हो जायगा।''

''भाई, सावधानी से काम लेना। वह अन्य राजाओं की तरह नहीं है। उसे सीधा करना बड़ा कठिन कार्य है।''

''बहन, तुम्हारा आशीर्वाद और तुम्हारी सम्मति चाहिए, फिर किसकी शक्ति है कि सामने खड़ा हो।''

''मैं अभी उससे मिलने जा रही हूँ।''

''क्यों?''

''उसे उसके कलंकित-जीवन का अच्छी तरह भान कराना है। मेरी कीर्ति पर उसने कितनी धूल उड़ाई है, मुझ पर कैसे-कैसे काव्य और नाटक रचे तथा रचवाये हैं, इन सबका हिसाब चुकाना है।''

''तो उसका वध अभी नहीं कराया जायगा?''

''नहीं भाई, इससे तो हमारी विजय अल्पकालीन हो जायगी। ज्यों-ज्यों वह तड़पेगा, ज्यों-ज्यों उसका मान भंग होगा, त्यों-त्यों हमारी कीर्ति बढ़ेगी। ऐसे शत्रु को पराजित करना चक्रवर्तियों के भाग्य में भी नहीं लिखा होता।''

"सत्य है। तो आज तुम उससे मिलो, कल राज-सभा है। फिर देखते हैं, वह क्या करता है? काष्ठ-पिंजर के निकट तुमने सैनिकों को भेज दिया?"

"भेज दिया। तुमने नहीं देखा? प्रजा-जनों के सम्मुख वह तुम्हारी हँसी उड़ा रहा था।"

"हाँ, देवी ने मुझसे कहा था। मेरी इच्छा तो उसकी जिह्वा निकाल लेने की थी; पर तुम्हारी असम्मति के कारण मैंने वह विचार त्याग दिया। अच्छा, कोई नया समाचार हो, तो रात्रि को कहला भेजिएगा।"

"अवश्य।"

तैलप ने साष्टांग प्रणाम किया और मृणाल ने आशीर्वाद दिया। मृणाल के हृदय में एक शूल-सा उत्पन्न हुआ; जैसे किसी विषैले बिच्छू ने डंक मार दिया हो। वह सोचने लगी—क्या उसका हृदय कलंकित हो गया? उसने तैलप से हृदय खोलकर वार्त्तालाप क्यों नहीं किया? किसलिए उसने अपने तर्क-वितर्कों को दबाकर उससे मिथ्या बातें कीं?

परन्तु इस विचार से अपने और अपने भाई के प्रति जो अटल श्रद्धा दूर हो चली थी वह पुनः दृढ़ हो गयी। मुंज के असत्य आडम्बर से वह भ्रमित हो गयी थी, निरवलम्ब बन्दी की निर्लज्ज बातों से वह पराजित हो चुकी थी। वह सोचने लगी—'वह कितनी मूर्ख है कि इस प्रकार भ्रमित हो गयी, पराजित हो गयी। उसके निष्कलंक हृदय को यह शोभा देता है?' विचार दूसरी दिशा में प्रवाहित हो चले। हृदय में साहस आया और दूर होती हुई स्वस्थता को सुदृढ़ करके वह मुंज से मिलने के लिए तैयार हुई।

उस मनुष्य के प्रत्येक विचारों से परिचित होना, उसके कर्त्तव्य-हेतु का पृथक्करण करना, उसके जीवन-जाल की गुत्थियों को सुलझाना उस जैसी प्रतापवान योगिनी अथवा राजनीतिज्ञा के अतिरिक्त और किसका काम था? इस कार्य से पीछे हटने में उसे कायरता प्रतीत हुई-। तैलप तो अपने बल के प्रताप से पाद-प्रक्षालन कराएगा। परन्तु वह निष्कलंक जीवन की प्रबल सत्ता के द्वारा ही, उस अधम अवन्तिका-पति के पश्चात्ताप के जल से, अपने पैर धुलवाएगी।

उसने रणमल्ल को बुलाकर आज्ञा दी कि मुंज को काष्ठ-पिंजर से निकालकर गुप्त बन्दीगृह में ले जाय।

यह कार्य करके जब नायक लौटा तो वह उसे साथ लेकर मुंज से मिलने गयी।

कौन किसे सिखाए

कठोरता से संकुचित भँवें तथा संयम से नियमित और धीर गति, मृणाल की भावनाओं का परिचय दे रही थीं; तो भी हृदय पहले-सा स्वस्थ नहीं था, श्रद्धा पहले-सी दृढ़ नहीं थी।

पीछे आती हुई राज्य-विधात्री की भयंकर मुख-मुद्रा देखकर मशालची काँपने लगा; गुप्त बन्दीगृह का रक्षक, ऐसे विचित्र समय में मृणाल को देखकर और अकल्पित संयोगों का दर्शन करके भय-त्रस्त हो गया।

बन्दीगृह के द्वार खुले; और मृणाल की आज्ञानुसार मशालची मशाल को भीतर रखकर बाहर आ खड़ा हुआ।

मृणाल अन्दर जाकर बन्दीगृह के अन्धकार के साथ परिचित होने का प्रयत्न करने लगी।

अवन्ति-पति मस्तक पर हाथ धरे एक कोने में पड़ा था। उसने धीरे से ऊपर देखा और मीठे स्वर में कहा, "आओ, मैं तुम्हारी ही प्रतीक्षा कर रहा था।"

वाक्य ऐसा साधारण था, स्वर ऐसा मायापूर्ण था कि उसके हृदय पर सजे हुए कवच के बन्धन टूटने लगे।

"मेरी?"

पृथ्वीवल्लभ लेटे हुए बोला, "हाँ, तुम्हारी। मुझे तो विश्वास था कि तुम आये बिना न रहोगी। कहो, स्वस्थ तो हो? प्रसन्न तो हो?"

उसके स्वर से मोहक वातावरण का प्रसार हो गया। मशाल के प्रकाश में भी उसके नेत्र हास्य-युक्त प्रतीत होने लगे।

मृणाल ने दृढ़ता से अपना हाथ पीछे की ओर किया और क्षोभ को दबाकर कहा, "मुंज, मुंज! तुझमें समझने की बुद्धि नहीं है, या समझी हुई बात को कहने की पवित्रता नहीं है। मैं अपने कार्य के लिए नहीं आयी हूँ; तेरी आत्मा का उद्धार करने आयी हूँ। पाप-पंक में फँसी हुई तेरी अपवित्र आत्मा को शुद्धि के पवित्र पथ पर लगाने आयी हूँ।"

शान्त भाव से मुंज बोला, "मृणालवती, दूसरों के भले के लिए परमार्थ करने का कोई मूल्य नहीं है।"

मृणाल ने निराशा से कपाल पर हाथ रखा। कहा, "अपने भले के लिए भी कहीं परमार्थ होता है?"

मुंज ने उठकर बैठते हुए धीमे स्वर में कहा, "दूसरों की क्या कहूँ? मैंने भी परमार्थ किया है। मैंने भी गरीबों को उबारा है, उनके दुःख दूर किये हैं; पर उनके भले के लिए नहीं, अपने स्वार्थ के लिए। इस परमार्थ के करने में मेरा हृदय तृप्त होता था,

इसलिए। मेरे अहं भाव को सन्तोष प्राप्त होता था, इसलिए। और मेरा हृदय प्रसन्न होता था, इसलिए। दूसरे का भला करने का आडम्बर भी अंहकार को संतुष्ट करने का एक मार्ग है।''

मृणाल मौन हो गयी। सोचने लगी–'वह मुंज का उपकार करने आयी है, या अपने अहंकार को संतुष्ट करने के लिए?' उसे मुंज के शब्दों में किसी अज्ञात सच्चाई का भास होने लगा। तो भी उसने साहस के साथ उत्तर दिया, ''यह भी तेरी निर्लज्जता का एक लक्षण है।''

मुंज हँसकर बोला, ''होगा। कहो, मुझे किस मार्ग पर ले जाने के लिए आयी हो?''

''निष्कलंक जीवन के...''

तुरन्त ही मुंज ने अपना मस्तक उठाकर कहा, ''निष्कलंक! मृणालवती, जो अपने कलंक को जानते हैं, उन्हीं को निष्कलंक होने की आवश्यकता रहती है। तुम मुझे क्या सिखा रही हो? तुम, राजा की पुत्री, सुरक्षित प्रासाद में पली हुई, अपने को पूर्ण सत्तावान समझ बैठनेवाली, वैराग्य के अभिमान में मत्त, मुझे सिखाओगी?'' मुंज के शब्दों में गहरी ममता थी।

''यदि बुद्धि हो, तो प्रत्येक मनुष्य सीख सकता है।''

मुंज हँस पड़ा, ''मुझमें बुद्धि है, तो भी तुम नहीं सिखा सकतीं। वह सीख सकता है, जो दुखी हो, अपरिपक्व हो। दुःख मुझे स्पर्श तक नहीं करता, अपरिपक्वता का मुझे अनुभव तक नहीं होता; फिर तुम मुझे किस प्रकार सिखाओगी? और मुझे सीखना ही क्या शेष रहा है?''

''इतना अभिमान है!''

''तुम चाहे अभिमान समझो। परन्तु तुम मेरी कथा कहाँ जानती हो? मैं किसी अनाथ का त्यागा हुआ पुत्र था; और आज पृथ्वीवल्लभ हूँ। सिंहनियों ने मुझे दूध पिलाया, और गजराजों ने मुझ पर व्यजन किया है। मैंने भिक्षा माँगी है, और सिंहासनों का दान किया है। दुखियों के लिए मैंने अपना शरीर दे दिया और सुखी लोगों के शरीर के टुकड़े-टुकड़े कर दिये हैं। मैंने रमणियों का रस-भण्डार लूटा; और लक्ष्मी के समान ललिताओं का शिरच्छेद किया है। श्रुति-वाक्यों का पाठ करके देव-दुर्लभ तपश्चर्या की; और शृंगार सूत्रों का अध्ययन करके, वीभत्स-रस का भी साक्षात्कार किया है। अब बाकी क्या रहा?'' इतना कहकर उसने मस्तक को पीछे की ओर झुका लिया और उत्तर की प्रतीक्षा करते हुए, मौन हो गया।

इन वाक्यों का उच्चारण करते समय, दन्तावलि की विद्युत् आभा से दीप्त उसका मुख, वर्षा ऋतु की सन्ध्या के समान हृदय-भेदक बन गया; नेत्रों से प्रस्फुटित मीठी धाराओं ने चारों ओर रस का प्रसार कर दिया। कुछ समय तक वह देखता रहा, और स्नेह के आवेश से बोला, ''मृणालवती, इन सब बातों का अनुभव

करके भी मैं सुखी हूँ, मैंने अपने हृदय में कोई कलंक नहीं देखा। तुम मुझे क्या सिखाओगी?''

मृणाल से कोई उत्तर देते न बना। उसका गला रुँध गया और विचार-गति मंथर हो गयी।

''सीखना तो तुम्हें है—जीवन का आनन्द अभी तुमने नहीं लूटा; पुष्प की शय्या में समाया हुआ रहस्य तुमने नहीं समझा। रस-रंग में मत्त होकर नृत्य करना तुमने नहीं सीखा। यह सब अभी तुम्हारे लिए शेष है।''

मृणाल ने क्रोध से हाथ ऊपर उठाया। किन्तु मुंज इससे बाधित नहीं हुआ। आगे कहने लगा—

''और किसी रसिक की रजाई में...''

मृणाल दाँत पीसकर बोली, ''पापी...''

मुंज हँस पड़ा। खड़ा होकर वह मृणाल के पास आया और बोला, ''रस-सागर का मन्थन करने से क्या प्राप्त होता है, यह सीखना है।''

दाँत किटकिटाकर मृणाल ने कहा, ''चांडाल, निर्लज्ज, लम्पट, अब कल प्रातःकाल तू देखना। उसके नेत्र लाल हो गये। मस्तक पर रक्त-वाहिनी-शिराएँ उभड़ आयीं।

मुंज हँसते हुए फिर बोला, ''अच्छा! और कल सायंकाल तुम भी ध्यान रखना, मैं तुम्हारी प्रतीक्षा करूँगा।''

मृणाल के मुख में फेन आ गया, ''मेरी प्रतीक्षा?''

''हाँ, तुम्हें सब कुछ सिखाना है न...''

''दुष्ट, तेरी जिह्वा...''

मुंज ने शान्ति से कहा, ''मेरी जिह्वा से तो तुम जैसी अनेक मानिनी वशवर्ती हुई हैं। पृथ्वीवल्लभ के हृदय से हृदय मिलाये बिना तुम्हारा निस्तार नहीं है।''

मृणाल क्रोधाग्नि से जल उठी। उसने सामने खड़े हुए मुंज को जोर से तमाचा मारा। मुंज खिलखिलाकर हँस पड़ा और मृणाल का हाथ पकड़कर उसे अपने होंठों से लगा लिया।

मृणाल चीख पड़ी; जैसे बिच्छू ने डंक मार दिया हो। उसके नेत्र फट गये, अंग-अंग काँप उठा।

सामने, नयनों से अमृत-वर्षण करते हुए पृथ्वीवल्लभ मुस्कराता रहा।

''कोई है?''

रणमल्ल आया, ''आज्ञा?''

''इस पापी के हाथ क्यों नहीं बाँधे?''

मुंज ने शान्त भाव से कहा, ''हाँ, रणमल्ल, अपनी शृंखला लाओ, जिससे हृदय की शृंखला तो खुले; नहीं तो उसका प्रभाव दुःसह हो जाएगा।''

क्रोध में भरी हुई मृणाल सिंहनी की भाँति क्रूर दृष्टि से देखती रही। रणमल्ल और अन्य सैनिकों ने मुंज के हाथों में शृंखला पहना दी।

"रणमल्ल, इस पापी ने मेरे हाथ का स्पर्श किया है। इसके हाथ को दाग दो।"

नायक ने विस्मय से पूछा, "इसी समय?"

मृणाल ने प्रश्न की धृष्टता से गरजकर कहा, "क्या?"

रणमल्ल थर-थर काँपने लगा। उसने एक भाला लेकर उसे मशाल से गरम किया।

अधीरता से पृथ्वी पर पैर ठोककर मृणाल ने कहा, "चलो। इतना विलम्ब?"

"यह आया।" कहकर रणमल्ल ने सैनिकों की ओर संकेत करके कहा, "अरे पकड़ो उसका हाथ।"

मुंज ने मधुर स्वर में कहा, "मृणालवती, किसलिए परिश्रम करती हो? तुम्हारे स्पर्श से ही बेचारे अंग जल रहे हैं; इनको जलाने के लिए बाहरी अग्नि की आवश्यकता नहीं है।"

उत्तर में मृणाल ने रणमल्ल से कहा, "चलो।"

सैनिक मुंज के शृंख्लाबद्ध हाथों को पकड़ने गये; परन्तु वह बहुत देर तक बँधे हुए हाथों से ही सैनिकों को थकाता रहा।

होंठ चबाकर मृणाल बोली, "कायरो, नपुंसको, यदि तुम इसे नहीं दागोगे, तो इसी क्षण तुम्हारा वध कराऊँगी।"

निराशा के साहस से सैनिक मुंज के हाथों पर टूट पड़े और बड़े परिश्रम से दाहिना हाथ पकड़कर स्थिर रख सके। परिश्रम से सैनिकों के थक जाने पर भी मुंज आनन्द से खड़ा-खड़ा हँस रहा था।

रणमल्ल ने गरम किया हुआ भाला दाग दिया। मुंज कुछ नहीं बोला। भाले से दागते ही नर-मांस जलने की दुर्गन्ध सारे बन्दीगृह में फैल गयी।

मुंज ने हाथ के दागे जाने की तनिक भी परवाह नहीं की; वह नयन-बाण से मृणाल को लक्ष्य करके, ज्यों-का-त्यों स्वस्थ खड़ा रहा; जैसे वह हाथ ही उसका न हो।

दुर्गन्ध निकलती देखकर मृणाल ने कहा, "बस करो।"

मुंज ने ज्यों-के-त्यों शान्त; किन्तु तनिक तिरस्कारपूर्ण स्वर में कहा, "अरे, बस यही। यदि मैं यह जानता कि तुम इतने से ही प्रसन्न हो जाओगी, तो खड़े-खड़े मैं स्वयं ही अपना हाथ जला डालता।"

मृणाल को कोई उत्तर न सूझ पड़ा; वह लौट पड़ी।

"मृणालवती, इस घाव पर औषधि लगाने के लिए कल अवश्य आना।"

आवेश के कारण लौटकर देखने की भी उसमें स्वस्थता न थी। वह डग भरती हुई वहाँ से चली गयी।

असहायावस्था

मृणालवती शीघ्रता से लौट आयी। वह महल के विश्रान्तिगृह में पहुँची और मृगछाला पर लेट गयी। उसके मस्तिष्क को चैन न था; हृदय में एक अज्ञात ताण्डव हो रहा था। उसके रोम-रोम से अग्नि-शिखाएँ निकल रही थीं और वे क्षण-प्रति-क्षण बढ़ रही थीं। इतने वर्षों के जीवन में उसने अभी तक ऐसे क्षोभ, ऐसी घबराहट और ऐसी ज्वालाओं का दर्शन नहीं किया था, और न उनकी शक्ति का अनुभव ही।

वासनापूर्ण संलाप, पुरुषों का स्पर्श, पुरुष अथवा स्त्री का चुम्बन—इन सबसे वह अपरिचित थी। उनके इस अचानक परिचय से वह त्रस्त हो गयी। उसके अंग-अंग काँपने लगे। उसे इस घोर कलंक से बचने का कोई उपाय नहीं सूझ पड़ा।

'उस सरीखी निष्कलंक और जीवन-मुक्त से मुंज-जैसे पापाचारी का स्पर्श!' क्या करे! जिह्वा काट डाले? दीवार से मस्तक फोड़ ले? अग्नि में भस्म हो जाय? यह कलंक किस प्रकार दूर होगा? यह सब कृत्य देखकर पृथ्वी रसातल में क्यों नहीं चली गयी? सूर्य क्यों न थक गया? पृथ्वी माता ने उसे अपने हृदय में स्थान क्यों नहीं दिया...? उसने सब प्रकार के आनन्द का त्याग कर दिया था—लोगों से भी करा दिया था। वह इस मुँह से बैठी रहे? उसकी व्याकुलता का पार न रहा। उसके आत्म-तिरस्कार का प्रवाह उसकी शान्ति, बुद्धि और स्वस्थता को बहा ले गया; वह डूबते हुए मनुष्य की तरह गोते खाने लगी।

और, उसका अपमान! वह कौन है? सम्राट की कन्या, सम्राट की बहन, साम्राज्य की विधात्री—उसका यह अपमान! उसके चेहरे के चारों ओर असह्य ज्वालाएँ उठने लगीं; उसके नेत्रों से उबलते हुए जल-जैसी अश्रुधारा बहने लगी। अधम, लम्पट, पापाचारी मुंज ने उसके साथ ऐसा व्यवहार किया! उसे दगवाया जाय, उसका शिरच्छेद कराया जाय, उसके खण्ड-खण्ड कर दिये जायँ, किन्तु वह अपमान कैसे मिट सकता है? कौन-सा दण्ड उसके इस घोर दुर्व्यवहार को भुला सकता है?

अपनी असहायावस्था का ध्यान आते ही उसकी व्याकुलता की सीमा न रही—उसने घबराहट से हाथ-पाँव पछाड़े, हाथों को मला, दाँत पीसे। परन्तु सब कुछ निरर्थक जान पड़ा। मुंज—पापी मुंज—विजेता हुआ। और वह स्वतः अधम जान पड़ने लगी, कलंकित प्रतीत होने लगी। इस स्थिति से मुक्त होने का कोई मार्ग नहीं रह गया।

और उसे अपनी निर्जीवता का भान हुआ। उसकी आत्म-श्रद्धा, जो पहले केवल डिगने लगी थी, अब अदृष्ट हो गयी। उसने मुंज को पराजित करने का विचार किया था, अपनी—तैलप की—सत्ता के बल पर उसे निराधार, निःसहाय करने का संकल्प लिया था, अपनी विवेक-बुद्धि से उसे लज्जित करने की आशा की थी—पर उसके ये

सब विचार, सब आशाएँ, धूल में मिल गयीं। सेना जिसे चाहे सेनापति माने, मालवा अथवा तैलंगण का चाहे जो राजा हो, वह स्वयं चाहे जैसी जीवन-मुक्त हो, किन्तु पृथ्वीवल्लभ मुंज तो पृथ्वीवल्लभ ही बना रहा। वह लज्जित की गयी है, यही बात उसके मस्तिष्क में चक्कर काटने लगी। वह अधमों से अधम था, किन्तु उसका प्रताप ज्यों-का-त्यों प्रकाशमान दिखाई दे रहा था। उसका अनोखा और प्रभावशाली व्यक्तित्व ज्यों-का-त्यों अखंड दीख रहा था। उससे द्वेष रखनेवाली तैलंगण की प्रजा से भी उसने नृत्य और गायन करा दिया। उस जैसी राजनीतिज्ञा को भी लज्जित कर दिया; अपनी प्रभुत्व-सत्ता से उसकी-सी प्रभावशालिनी भयंकर स्त्री को भी अधमता का कटु अनुभव करा दिया! हृदय पर अग्नि का-सा दाग पड़ने पर भी वह पूर्ववत् पृथ्वीवल्लभ ही बना हुआ था!

मुंज का तेजस्वी, प्रतापी और हँसता हुआ मुखमंडल उसकी आँखों के सामने आ गया। रणमल्ल ने जब उसका हाथ दागा था, और जिस समय वह स्वतः चीख पड़ी थी, उस समय भी उसके चेहरे की शान्ति अखंड थी, उसके नेत्र हँस रहे थे, उसके मुख की मधुरता में कटुता का अंशमात्र भी नहीं घुल पाया था।

मुंज की महत्ता का विचार करते हुए उसका अभिमान चूर्ण हो गया। निराशा से उसका गर्व अवस्था दीन-हीन हो उठा। वह मनुष्य नहीं देव था। वह पराजित होनेवाला नहीं—दुर्जेय था। वह स्वयं तैलप था। इन्द्र था। शूद्र और निर्जीवों का हन्ता भी केवल वही था। वही—पृथ्वीवल्लभ!

मृगछाला पर पड़े-पड़े वह धरती पर सिर पटकने लगी। उसके नेत्रों के अश्रु सूख गये; परन्तु हृदय का उद्वेग बढ़ता गया।

कालरात्रि

मृणाल तड़प रही थी, परन्तु तड़पने से कभी किसी का दुःख कम हुआ है? वह उठकर टहलने लगी। खिड़की के सामने खड़ी हुई—द्वार की ओर जाकर लौट आयी। उसकी जिह्वा सूख गयी थी। बार-बार चबाने से होंठों पर रक्तिमा आ गयी थी। निःसरित अश्रुओं से नेत्र लाल हो गये थे।

वह पुनः आराधना करने बैठ गयी। कठोरतम आसन लगाकर निर्द्वन्द्व-सिद्धि का साधन करने लगी। दासी भोजन की सूचना देने आयी; परन्तु मृणाल को आसन लगाये देखकर चुपचाप चली गयी।

रात उतर आयी। घड़ियाँ बीतने लगीं; परन्तु स्थिर आसन की तपश्चर्या साधते हुए भी मृणाल का मस्तिष्क स्वस्थ और एकाग्र न हुआ।

पहले उसका हृदय गोते लगा रहा था, किन्तु अब वह डूबकर, निराधार होकर

गहरे में उतरने लगा। डूबते हुए मनुष्य के स्मृति-पटल पर जैसे अपनी प्रियतमा की मूर्ति उभर आती है, उसी प्रकार अतल तल में जाते उसके हृदय के समक्ष एक ही चेहरा घूम रहा था—पृथ्वीवल्लभ का। समय कब बीत गया पता ही नहीं चला। उसके मस्तिष्क पर अज्ञान का आवरण-सा पड़ गया। धीरे-धीरे निद्रा का संचार होने लगा।

वह निद्रित थी, या जाग्रत, इसका भी उसे ज्ञान नहीं था—वह स्वप्न देख रही थी या सत्य, इसकी भी उसे सुध नहीं थी। केवल एक मुख बार-बार दिखाई दे रहा था—उसके अनेक रूपान्तर होते, फिर भी वह पूर्ववत् ही रहता। विशाल और आकर्षक नेत्रों से रस टपकता—सुन्दर और मधुर मुख एक अनोखी मोहनी से आमंत्रित करता। लेकिन साथ ही हृदय में एक कसक होने लगती—'यह कलंक कब दूर होगा?'

धीरे-धीरे इस स्थिति में परिवर्तन होने लगा—अनेक नये प्रसंग उपस्थित होने लगे। परन्तु वह मुख ज्यों-का-त्यों रहा। मृणाल में, उसे दृष्टि से ओझल करने की भी शक्ति नहीं रह गयी। उसका मस्तक वक्ष की ओर झुक गया।

मनोराज्य का विकास हुआ—मुख के बदले मुंज साकार हो गया। बन्दीगृह दिखलाई पड़ा—उसके अन्धकार में सहस्रों सूर्यों की कान्ति से दीप्तिमान अनुपम नरोत्तम उसने देखा। उसका हाथ जलता हुआ ज्ञात हुआ, उससे ज्वालाएँ निकलती हुई मालूम हुईं और वे उसके रोम-रोम में व्याप्त हो गयीं।

पैंतालीस वर्ष तक उसने ब्रह्मचर्य-व्रत का पालन किया था। कभी किसी भी समय अनंग का अकल्प्य शासन उसकी देह पर नहीं हुआ। यौवन-निर्झर उद्भूत ही नहीं होने पाया, उद्भवकाल के पहले ही वह पृथ्वी में समा गया था।

मृणाल को यह अग्नि दुःसह अवश्य हो गयी; किन्तु अब उसकी ज्वालाएँ आनन्दमय प्रतीत होने लगीं। अर्द्ध-निद्रितावस्था में, मुंज द्वारा किये गये चुम्बन का चैतन्य उसकी रग-रग में व्याप्त हो गया।

उसने इस भयंकर असहायावस्था से मुक्त होने के लिए, इस पाप-समाधि से जाग्रत होने के लिए बहुत प्रयत्न किये; परन्तु उसे ऐसा प्रतीत होने लगा कि वह नाग-पाश से बँध गयी है, और बड़े गहरे में डूबती चली जा रही है। उद्धार का उसे कोई साधन न सूझ पड़ा।

अचानक उसे मुंज फिर दिखलाई पड़ा—उसके अंग-अंग से मोहकता टपक रही थी। जैसे ही वह उसकी ओर झपटा और उसे पकड़कर रौंदने लगा, वह गिर पड़ी।

मृणाल की आँख खुल गयी। वह चौंककर जागी, जैसे बर्रों ने काट लिया हो और खड़ी-खड़ी विह्वलता से चारों ओर देखने लगी। उसके अंग-अंग में काँटे-से चुभ रहे थे; उसे सूझ नहीं रहा था कि वह कहाँ है। उसकी समझ में नहीं आ रहा था कि उसकी धमनियाँ कौन-सा नृत्य कर रही हैं। बहुत कुछ विचारने पर भी उसे पता नहीं लगा कि आज उसका हृदय कौन-सी आशा से पूरित होकर उछल रहा है।

उसने अँगड़ाई ली। हाथों को दबाया, आँखें मलीं; किन्तु मुंज कहाँ था? वह स्वतः कहाँ थी? यह सब क्या हुआ था। वह कुछ भी समझ न सकी। केवल उन्मादिनी की भाँति देखती रही। उसे ऐसा मालूम होने लगा मानो उसके अंग-अंग उड़े जा रहे हों।

उसने हृदय पर हाथ रखा। वह एक नये प्रकार से धड़क रहा था। उसने मस्तक पर हाथ फेरा, कोई विचित्र ही भाव उछल रहे थे।

वह बैठ गयी। धरती पर गिर पड़ी। उसे अपनी स्थिति का ज्ञान हुआ—हृदय की एक-एक पंखुरी—शरीर का एक-एक अंग—क्रन्दन कर रहा था, चिल्ला रहा था। उन्हें मुंज की चाहत थी।

अभिमानिनी तपस्विनी उन्मादिनी हो गयी। उसे अपने अधःपतन का भान हुआ। युद्ध के लिए शस्त्र न थे—उत्साह न था। उसने विवश होकर पुष्प-धन्वा का आश्रय ग्रहण किया। त्रिपुरारि के तीसरे नेत्र से भस्म होनेवाले द्वेषी देव ने उसे जलाना आरम्भ कर दिया। थोड़ी देर में अग्नि-ज्वाला शान्त हो गयी; और शीतल समीर की शान्तिदायी लहरों को भुला देनेवाली कुछ अनोखी लहरें उसके शरीर को थपथपाने लगीं। वह नेत्र बन्द करके लेट गयी और उन लहरों का अनुभव करने लगी।

ऐसी लहरों का उसने स्वप्न में भी अनुभव नहीं किया था। उनसे वह भयभीत नहीं हुई, चकित भी नहीं हुई; वरन एक अवर्णनीय आह्लाद का अनुभव करने लगी। वह अपने अंग-अंग का स्पर्श कर रही थी—रोम-रोम को आनन्दमय चेतन से जीवित कर रही थी। उसका हृदय एक अपरिचित; परन्तु आनन्ददायक गति से उछल रहा था; उसके हाथ की नसें एक अज्ञात उत्साह से सिमटने के लिए तृषित हो रही थीं।

उसकी रग-रग में अद्‌भुत आनन्द का संचार हो रहा था। उसने अपने हाथ नेत्रों पर रखे—धक्‌धक्‌ करते हुए हृदय को जोर से दबाया और पैर एक दूसरे से मिलाये।

मुंज की मानसिक मूर्ति का पद-स्पर्श करके ही यह लहरें आ रही थीं, उसने उन्हें आने दिया। धीरे-धीरे श्वास बढ़ा—मुख रक्तवर्ण हो गया—मस्तिष्क में विचारों का संचरण होने लगा। मादकता से उसका चित्त चंचल हो गया। उसे ऐसा प्रतीत हुआ, कि मुंज उसके पास आ रहा है। उसने एक निःश्वास लिया। सारे प्रयास छोड़कर वह सुखमय पराधीनता में जकड़ गयी।

निद्रा अभी उसे दोबारा आयी भी न थी कि उसने तेजस्वी पृथ्वीवल्लभ को आते हुए देखा। वह आया, आनन्द का प्रसार और उत्साह को प्रेरित करता और उससे लिपट गया। एक नहीं, सहस्र बार उसने मृणाल का मुख-चुम्बन किया। परन्तु वह लेटी रही—सुखमय और निमंत्रित विवशता में।

न जाने क्या हो गया—हृदय को आघात पहुँचा—सुख के शिखर पर पहुँचकर वह पुनः नीचे गिर पड़ी। नेत्रों को खोलकर वह पुनः उठ बैठी। उसका हृदय बुरी तरह धड़क रहा था। अनिर्वचनीय आनन्द की समाधि उसने प्राप्त की, और गँवा दी।

वह खड़ी हो गयी, मुँह धोया और खिड़की के बाहर झाँका। शीतल समीर के थपेड़े उस पर लगने लगे।

उसे ध्यान आया, गंगा की धारा की तरह वह कहाँ से कहाँ बह गयी वैराग्यस्वरूप तपोनिधि महादेव की जटा से पतित होकर अधमता की बालुका में लथड़ा रही है।

वह कलंकित हो चुकी है; उसके जीवन-भर के व्रत और नियम भंग हो गये हैं। अब क्या करना चाहिए? भाई क्या कहेगा? भाभी क्या कहेगी? नगर और देश के लोग क्या कहेंगे? पापी मुंज क्या कहेगा? इस कलंक से वह किस प्रकार जीवित रह सकेगी? जीवन की नवविकसित कलिका को छिपाकर या उसे सुखाकर जीवन व्यतीत करने के अतिरिक्त और कोई उपाय नहीं था। आज रात जिस आनन्द का उसे स्वप्नानुभव हुआ, उसके अतिरिक्त उसके लिए यह दिन अस्पर्श्य ही था।

पाद-प्रक्षालन

प्रातःकाल से ही तैलपराज के दरबार में धूम मच गयी। सामन्त और सेनापतियों का समूह एकत्र होने लगा।

पाद-प्रक्षालन, पाप-पुण्य का एक कुंड था। उसमें से, जो बन्दी राजा निर्विघ्न निकल आते, उनको सामन्त के रूप में राज्य भोगने की आज्ञा दे दी जाती थी; और जो अभिमान के आवेश में आकर, उससे नहीं निकल पाते थे, वे हाथी के पैरों से बँधने या कारागृह में जीवन व्यतीत करने को निमन्त्रण देते थे। स्वयं तैलप ने अनेक बार मुंजराज के पैर धोकर, तैलंगण के सिंहासन की प्रसादी प्राप्त की थी; आज तैलप के पैर धोकर, मुंज को धारा के सिंहासन के लिए याचना करनी थी।

सब लोगों की धारणा थी कि मुंज इस दंड को कभी स्वीकार नहीं करेगा। तो भी निश्चय था कि मुंज के साथ कोई अत्याचार न किया जायगा; उसका गला न घोटा जायगा; क्योंकि बन्दी राजाओं का शरीर अस्पर्श्य समझा जाता था। इसीलिए तैलप ने सोच-विचारकर इस युक्ति का सहारा लिया था। यदि मुंज पाद-प्रक्षालन करेगा, तो उसकी कीर्ति सदा के लिए मिट जायगी और तैलप पृथ्वीवल्लभ कहलोगा; और तैलाप पृथ्वीवल्लभ कहलाएगा; यदि वह इसे स्वीकार न करेगा, तो तैलप को इच्छित दंड देने का अधिकार मिल जायगा।

सारे नगर में एक ही प्रश्न सबके मस्तिष्क में चक्कर काट रहा था—'क्या मुंज पाद-प्रक्षालन करेगा?' अनेक लोग सोच रहे थे कि यदि स्वीकार कर लेगा, तो ठीक ही है, इससे उसका जीवन भी बच जायगा, और तैलप की कीर्ति बढ़ेगी। बहुत से यह सोचते थे कि यदि वह स्वीकार न करे, तो ही अच्छा है। इससे या तो वह बन्दी रहेगा,

या प्राणों से हाथ धोएगा और तैलप की कीर्ति बढ़ेगी। अनेक लोग उसके रूप और गुण पर मुग्ध थे और यह कामना कर रहे थे कि किसी भी प्रकार मुंज बच जाय। परन्तु इस कामना को कोई प्रकट नहीं कर सकता था।

राजसभा में जिन्हें आने का अधिकार था, वे सब आ पहुँचे। कोई भी इस अप्रतिम दृश्य के आनन्द को खोना नहीं चाहता था। सूर्योदय के बाद राजसभा में तिल रखने के लिए भी स्थान न रह गया।

जब सब लोग उपस्थित हो गये, तो महासामन्त को साथ लेकर तैलपराज आये। कुमार अकलंकचरित भी साथ था। तैलप के सिंहासन के पास अन्दर जाने का एक द्वार था, उसमें मृणालवती, जक्कला, और लक्ष्मी भी आकर बैठ गयीं। मृणालवती का मुख कठोर और म्लान था; नेत्रों में भयंकर तेज था। उसकी मुख-मुद्रा देखकर ही लोगों ने समझ लिया कि मुंज का अन्तकाल आ पहुँचा।

तैलपराज मूँछों पर ताव देने लगे। उन्होंने दो सामन्तों को आदेश दिया कि वे बंदियों को राजसभा में ले आएँ।

कुछ ही समय में सब बन्दी राजा वहाँ आ गये। सबसे आगे मुंज था। उसके हाथ पीछे से बाँध दिये गये थे।

जिस प्रकार वह विजयी सेना में चलता था, उसी प्रकार यहाँ आया। बिखरे हुए बाल उसकी कान्ति को द्विगुणित कर रहे थे; दीप्त अभिमान उसके मुख का गौरव बढ़ा रहा था; उसकी गर्दन की मरोड़ उसकी स्वयं-भू-सत्ता को प्रकट कर रही थी। वह देव की तरह आया और ऐसा लगने लगा मानो राजसभा केवल पशुओं की सभा हो।

मृणाल ने उसे भरी सभा में देखा। उसका रोम-रोम खड़ा हो गया। रात के स्वप्नाभुव को याद करके उसके कपोलों पर किसी नवयौवना की तरह आवेश की रेखाएँ खिंच गयीं। उसने प्रयत्न किया कि उसके क्षोभ को, आवेश को, कोई देख न ले।

दिन के प्रकाश में, उस नरेश के मोहक शरीर की एक-एक अपूर्व रेखा, उसने चोरों की तरह चुपचाप अपने हृदय में अंकित कर ली—आँखों के आगे कल्पना से सजीव कर ली।

मुंज को तैलप के सिंहासन के आगे खड़ा किया गया। चेहरे पर गर्वीले हास्य का प्रकाश लिये वह निरपेक्ष और निश्चिंत खड़ा रहा।

तैलप के आदेश से बन्दी-जनों ने उसकी स्तुति गाई। तत्पश्चात राजा ने महासामन्त की ओर घूमकर पूछा, "भील्लमराज, कल जिन कवियों को छुड़ा ले गये हो, उनका क्या हुआ?"

"वे बैठे हैं।" कहकर जिस ओर धनंजय, रसनिधि और उसके मित्र बैठे थे, उस ओर भील्लम ने संकेत किया।

"उनसे कहो कि कुछ सुनायें। मुंज को उन्होंने ऊँचा तो बहुत चढ़ा दिया, अब उसे नीचे उतारने में सम्मिलित होंगे न?"

राजा की इस युक्ति से भील्लम बड़े चक्कर में पड़ गया। परन्तु राजसभा में राजा का वचन कैसे भंग किया जा सकता था? उसने आकर धनंजय से राजा का आदेश कह सुनाया।

सब कवियों को रोमांच हो आया। बहुतों ने रसनिधि की ओर घूमकर देखा।

रसनिधि ने तुरन्त धनंजय से कहा, "महाराज, आप सरस्वती के दुलारे हैं, कुछ कहिए।"

धनंजय ने नेत्रों से ही स्वीकार किया और 'हाँ' कहकर वह सामन्तों के बीच से चलता हुआ सिंहासन के निकट आया।

ज्यों ही धनंजय सिंहासन तक पहुँचा कि दूसरी ओर देखते हुए मुंज ने उस पर दृष्टिपात किया, और हँस पड़ा। हँसते हुए कहा, "धनंजय, अवन्तिका का नाम न डूबने पाये।"

नत होकर धनंजय बोला, "जो आज्ञा।"

यह सुनकर तैलप चिढ़ गया। माथे पर क्रोध की रेखाएँ खिंच गयीं। तिरस्कारपूर्वक पूछा, "क्या नाम है तुम्हारा?"

धनंजय के उत्तर देने के पूर्व ही मुंजराज ने उच्च स्वर में कहा, "तैलप, इतना भी पता नहीं है? जिसकी कविता सुनकर भगवती मयूरासनी अपनी वीणा छोड़ देती हैं, जिसके सुविख्यात नाम से अपरिचित रहनेवाला सदा नरक के-से अन्धकार में रहता है, उस कवियों के कवि और अवन्तिका के कवि-श्रेष्ठ का नाम है—धनंजय।"

उस समय के कवियों को शोभा देनेवाले शब्दों में ही मुंज ने यह सब कहा।

तैलप क्रोध से बोला, "तुझसे मैंने नहीं पूछा था।"

मुंज ने शान्तिपूर्वक कहा, "मैं कब कहता हूँ कि मुझसे पूछा था। परन्तु अपने ही मुख से अपनी प्रशंसा कराते विनयशील पुरुषों की सभा में नहीं सुना गया।"

सभासदों के हृदय काँप उठे। तैलप जिस ओछेपन का अनुभव कर रहा था, वह सबको स्पष्ट दीख रहा था। इससे तैलप का क्रोध बढ़ गया, यह भी सब स्पष्ट देख रहे थे। इसका अनिश्चित परिणाम जानने के लिए सब लोग मस्तक उठाकर तैलप की ओर देखने लगे।

तैलप ने धनंजय से कहा, "अच्छा, कहो।"

धनंजय ने पहले महाकालेश्वर की प्रशंसा में एक अनुष्टुप कहा और फिर राजा का स्तुति-गान आरम्भ किया।

स्तुति के श्लोक की रचना बहुत ही सरस थी। उसमें पृथ्वी ने जिसे अपना नाथ बनाया है, उस राजराजेन्द्र की स्तुति थी। एक प्रकार से वह तैलप की प्रशंसा मालूम

होती थी; पर प्रशंसा मुंज की ही हो रही है, यह भी स्पष्ट था! तैलप भी यह समझ गया; पर रोष को दबाकर बोला, "शाबाश, कविराज! जाओ, बैठो।"

धनंजय नमन करके अपने स्थान पर आ बैठा।

मृणालवती यह सब बड़े ध्यान से देखती और सुनती रही। जिस छटा से, जिस आधिपत्य से मुंज भरी सभा में शोभित हो रहा था, उसे देखकर मृणाल को बड़ा गर्व हुआ। किंतु ज्यों-ज्यों तैलप का भ्रू-भंग बढ़ता गया, ज्यों-ज्यों उसकी नेत्र-दृष्टि क्रूर होती गयी, त्यों-त्यों उसका हृदय भय से काँपने लगा कि कहीं तैलप उसे मार डालने का आदेश न दे दे!

धनंजय के बैठ जाने पर मुंज ने तैलप की ओर देखकर पूछा, "क्यों तैलपराज, कवि कैसा है?"

मुंज के इस निरपेक्ष और अर्द्ध तिरस्कृत प्रश्न से तैलप होंठ चबाकर रह गया। सभा में ऐसी निस्तब्धता छा गयी कि सुई गिरने का भी शब्द सुनाई पड़े। सबके हृदय क्षुब्ध हो गये।

तैलप की आँखें तलवार की धार की तरह तेज हो गयीं। उसने खाँसकर गले को साफ करते हुए कहा, "मुंज, तेरे पापों का घट भर गया है, तेरी राजलक्ष्मी का नाश हो गया है। तू..."

मुंज ने कहा, "कौन कहता है?"

तैलप—"मैं कहता हूँ।"

उत्तर में मुंज उपहासपूर्वक हँस दिया और चुप हो गया।

"प्रतिष्ठापूर्वक जीवित रहने का अब एक ही मार्ग रह गया है..."

मुंज ने उसके शब्दों की परवाह न की। वह निश्चिंत होकर उस द्वार की ओर देखने लगा जहाँ मृणाल बैठी थी।

उस समय की कृत्रिम भाषा में तैलप ने फिर कहा, "जिन पाँवों से आज पृथ्वी काँप रही है, उनका प्रक्षालन करके अपने अपराधों की क्षमा माँग!"

दो सैनिकों ने मुंज के हाथों की हथकड़ियाँ खोल दीं, और एक सामन्त सुवर्ण की झारी में जल लेकर आगे आ खड़ा हुआ। पाद-प्रक्षालन करवाने के लिए उत्सुक तैलप ने अपने पैर सिंहासन के नीचे उतारे।

ज्यों ही मुंज के हाथ खुले कि उसकी स्वतंत्रता प्रकट होने लगी। गर्व से उसने ऊपर देखा।

झारी लेकर खड़े हुए सामन्त ने कहा, "मुंजराज, चलिए, महाराज के पदों का प्रक्षालन कीजिए।"

मुंज ने आश्चर्य से उसकी ओर देखा। कहा, "सामन्तराज, कहाँ हैं ताण्डव से त्रिभुवन को कँपा देनेवाले चंडीश्वर भगवान महाकाल के प्रतापी पद, कि जिन्हें धोकर यह पृथ्वीवल्लभ पवित्र हो जाये?"

और उत्तर की प्रतीक्षा करता हुआ मुंज खड़ा रहा।

झारी लिये हुए बेचारे सामन्त की जीभ तालू से लग गयी। तैलप की भँवें भयंकर रूप से संकुचित हो गयीं। महासामन्त भील्लम कोई उपाय सोचने लगा। कुछ सोचकर वह मीठे स्वर में बोला, "अवन्तिनाथ, महाराज आहवमल्ल का पाद-प्रक्षालन करो; विजेता का यह परम्परागत अधिकार है।"

मुंज तिरस्कारपूर्वक हँस पड़ा। बोला, "स्यूनराज, पृथ्वीवल्लभ के पैर धो-धोकर जिसके हाथ अभी भली-भाँति सूखे भी नहीं हैं, उस तैलप के मैं पैर धोऊँ? क्या आप भ्रमित हो गये हैं?" मुंज के शब्दों और नेत्रों में घोर तिरस्कार भरा हुआ था।

द्वार मैं बैठी, अज्ञात विचारों से हृदय को भरती हुई मृणालवती मुंज की ओर एकटक देख रही थी।

तैलप के क्रोध की सीमा न रही। उसके नेत्रों में अंगारे चमकने लगे। वह खड़ा हो गया—"अभिमानी, पापाचारी, अब भी तेरा गर्व गलित नहीं हुआ है?"

जिस प्रकार एक ऊँचा-पूरा बलिष्ठ मनुष्य किसी निःसहाय बालक से वार्त्तालाप करता है, उसी प्रकार तिरस्कार से हँसते हुए मुंज ने कहा, "ऐसी डींग मारने से कहीं पृथ्वीवल्लभ बना जा सकता है?"

"क्या कह रहा है? दुष्ट, खड़ा रह!" तैलप ने उच्च स्वर से कहा। आधी सभा खड़ी हो गयी।

तैलप ने चारों ओर क्रोध से देखा। उसके नेत्र विकराल हो गये। अंग-अंग क्रोध से कम्पित होने लगा।

"सामन्तो! देख क्या रहे हो? पकड़ो, इस पापी को और कराओ पाद-प्रक्षालन!"

चार-पाँच सामन्त आगे आये, मुंज की ओर बढ़े।

अपने प्रचण्ड शरीर को सीधा किये वह निर्भयता से उन्हें देखता रहा। उसके नेत्र अनिमेष थे; मुख पर गर्व का हास्य था। वह अपनी गर्दन की मरोड़ से ही सबको भयभीत कर रहा था।

मृणाल ने यह सब देखा—और यह भी देखा कि इस सब में मुंज का व्यक्तित्व कैसा अनोखा, कैसा अप्रतिम और कैसा दुर्धर्ष था। उसे पुनः गर्व का अनुभव हुआ और वह मुंज की विजय देखने के लिए अपलक देखती रही। उसके होंठ मुँद गये। जो तेज मुंज के नेत्रों में था, वही उसके नेत्रों में भी आ गया। जो सामन्त आगे बढ़े थे, वे क्रमशः तैलप और मुंज की ओर देखते हुए खड़े रह गये। किसी में साहस नहीं था कि मुंज के निकट जाय।

तैलप होंठ चबाकर बोला, "डूब मरो, जो इस तरह देख रहे हो। अकलंकचरित! तुझे भी लज्जा नहीं आती?"

अब कुमार और सामन्त मुंज का हाथ पकड़ने के लिए आगे बढ़े। भील्लम मन को मारकर मौन खड़ा रहा।

"आओ! डर क्यों रहे हो?" मुंज ने हँसकर कहा; और पकड़ने के लिए आये उन सामन्तों को उसने सरलता से छिन्न-भिन्न कर दिया।

राजसभा में कोलाहल मच गया। तिरस्कृत तैलप अन्य सामन्तों से कहने लगा, "क्या देख रहे हो?"

आठ-दस सामन्त एक साथ टूट पड़े और उन्होंने मुंज के हाथ पकड़ लिये। जिस हाथ को मृणाल ने दगवाया था, उसमें से मांस खिंच आया। मृणाल ने उसे देखा और निःश्वास लिया। दूसरे ही क्षण वह भी नेत्रों को बन्द करके उठ खड़ी हुई।

मुंज को पकड़ना एक बात थी, और उसे झुकाकर उससे पैर धुलवाना दूसरी। पर्वत-शिखर के समान, सबसे उच्च तथा अनत वह अडिग खड़ा रहा। सामन्तों के प्रयत्न निष्फल होने लगे। अन्त में उन्होंने मुंज को घसीटना शुरू किया।

मुंज में अद्भुत बल था। पहले तो वह सरलता से हँसते हुए सबको थकाने लगा; परन्तु अन्त में वह खड़ा नहीं रह सका। तैलप के चेहरे पर क्रूरतापूर्ण हास्य छा गया।

एकाएक मुंज शीघ्रता से आगे बढ़ा और जो सामन्त उसे खींच रहे थे, उनके हाथों से छूट गया। झारी लिये खड़ा हुआ सामन्त निश्चिन्त भाव से खींचातानी का यह दृश्य देख रहा था। मुंज आगे बढ़ा और उसने अपने कन्धे से झारी में धक्का मारा। सामन्त के हाथ से झारी छूटकर पास ही खड़े तैलपराज पर जा पड़ी। उसका सारा शरीर भीग गया।

यह सब पल-भर में हो गया। सामन्तों ने मुंज के हाथ छोड़ दिये। तैलप गिरते-गिरते मुकुट को सम्हालने लगा और मुंज अकेला आनन्द से ठठाकर हँसने लगा।

मृणाल द्वार की देहरी पर आ खड़ी हुई।

तैलप की मुद्रा हास्य-जनक थी। उसके गौरव का नाश हुआ था। उसने होंठ चबाये, जोर से चिल्लाया, और म्यान से तलवार खींच ली।

उसी पल सौ और तलवारें म्यान से बाहर निकल पड़ीं और मुंज के चारों ओर रक्त-पिपासु तलवारों की घटा छा गयी। लेकिन मुंज निर्भयता से खड़ा रहा। सब तलवारों की धारों का उत्तर उसके नेत्रों के तेज की धारा दे रही थी।

"दुष्ट, अब इसका फल देख ले! मारो इस चांडाल को!!" तैलप ने आज्ञा दी।

तलवारों की झनझनाहट हुई। मुंज गर्व से तना रहा।

अचानक एक स्वर चारों ओर गूँज उठा, "यह क्या कर रहे हो?"

क्रोध से ज्वलित जगदम्बा की तरह मृणालवती ने इन शब्दों का उच्चारण किया था। वह तैलप के पास कूद आयी थी। उसके नेत्रों में निःसीम सत्ता चमक रही थी; और स्वर में युद्ध की गर्जना थी।

समस्त तैलंगण जिस स्वर से कम्पित हो जाता था, उस स्वर को सुनकर सामन्तों की तलवारें नीचे झुक गयीं। स्वयं तैलप भी लज्जित हो गया।

मृणाल ने क्रोध से कहा, "क्या कर रहे हो? लज्जा नहीं आती? एक निःशस्त्र नरेश पर शस्त्र चलाने को तैयार हो? समस्त तैलंगण को कलंकित करने पर उतारू हुए हो? तैलपराज! यह शोभा नहीं देता! तुम्हारे धर्म-राज्य में यह कुकृत्य!" उसकी छाती धड़क रही थी।

सब सुनते रहे; मुंज मन-ही-मन हँस पड़ा।

"जाओ, सभा विसर्जित हो गयी। मुंज के विषय में फिर योग्य विचार किया जायगा। चलो भाई!" कहकर वह तैलप की ओर देखने लगी।

तैलप ने किंचित रोष से मृणालवती को देखा, परन्तु दूसरे ही क्षण उस पर मृणाल का आतंक छा गया। उसने मस्तक झुका लिया और मृणाल के साथ चला गया।

भाई और बहन

अन्दर जाकर तैलप ने पूछा, "बहन, यह क्या किया?"

मृणाल ने कहा, "तेरी कीर्ति की रक्षा की। राजाओं के शरीर युद्ध के अतिरिक्त सदैव अस्पर्श्य हैं।"

तैलप मौन हो रहा।

"यदि वह पाद-प्रक्षालन न करेगा तो दूसरा दंड देना हमारे हाथ में है।"

"सारा संसार मेरी हँसी उड़ाएगा।"

"नहीं! तेरी निष्कलंक राजनीति का कीर्ति-गान करेगा। इतना अपमान होने पर भी तू सत्य पर दृढ़ रहा, इससे अधिक किस यश की आशा करता है?"

तैलप ने मस्तक झुका लिया।

थोड़ी देर तक दोनों चुप रहे। पश्चात तैलप ने कहा, "तो उसका क्या किया जाय?"

"जो तू कहेगा वही।"

"पिंजरे में उसे रक्खा नहीं जा सकता; मृत्यु-दंड उसे दिया नहीं जा सकता; तब उसका क्या किया जाय?"

"अभी तो वह कारागृह में है, फिर देख लेंगे। जल्दी क्या है?"

"मेरी समझ में कुछ भी नहीं आ रहा!" कहकर तैलप मुँह फेरकर जाने लगा।

"आ जायगा, आ जायगा।" कहकर मृणाल ने उसे आश्वासन दिया।

तैलप चला गया। विचारमग्न अकेली मृणाल खड़ी रही। उसका हृदय हर्षित हो रहा था। उसने मुंज को मृत्यु से बचाया था। उसकी कल्पना-शक्ति के बन्धन फिर से टूट गये और वह फिर प्रति-क्षण मुंज के मोहक स्वरूप को आँखों में लाने की चेष्टा करने लगी। नेत्रों को बन्द करके उसने यह रसमय प्रयत्न आरम्भ किया—और प्रयत्न सफल होने पर वह तनिक हँसी और मन मसोसकर वहाँ से चली गयी।

मान भंग होने से तैलप के हृदय को चैन नहीं था। वह एकान्त में इधर-उधर घूम रहा था। उसके गर्व को बड़ा आघात पहुँचा था, उसकी स्थिति अत्यंत तिरस्कार योग्य हो रही थी। समूचा तैलंगण ही नहीं, सारा संसार इस पाद-प्रक्षालन को नहीं भूलेगा। उसे इस बात में तनिक भी सन्देह नहीं था कि सब लोग उसी पर हँसेंगे।

मृणालवती के इस कार्य को वह समझ न सका। मुंज उसका ऐसा अपमान करे, और मृणालवती उसे बचाये! बहन पर उसे श्रद्धा थी; बहन का भी मुंज के प्रति घोर तिरस्कार था। बहुत देर तक उसने विचार किया; पर कुछ समझ में न आया।

विलास का स्वास्थ्य

पुरुष और स्त्री यदि प्रेम-पाश में न पड़ना चाहते हों तो उन्हें अपने जीवन में इन दो विषयों से बचना चाहिए। एक काव्य-सेवन और दूसरा संगीत। काव्य और संगीत का सहयोग विमान की कमी पूरी कर देता है, और प्रेमीजन बिना साधन आकाश में चढ़कर, एक दूसरे के सहारे उड़ते हुए—प्रगाढ़ एकता में बँध जाते हैं। विलास और रसनिधि यह बात भूल गये।

रस का स्वाद चखते हुए विलास की पिपासा बढ़ती गयी। और रसनिधि भी अखंड रस-धारा बरसाकर उस पिपासा को शान्त करने का प्रयास करने लगा।

'मालती-माधव' के तूफानी प्रदेश से निकलकर वे म्लान-वदन 'उत्तररामचरित' के हृदय-भेदक वातावरण में विहार करने लगे और वहाँ से 'शाकुन्तल' की स्वर्णमयी, मोहमयी मधुरता का अनुभव करते हुए न जाने कहाँ भटक गये। इस इष्ट-यात्रा में भोली बालिका उन्मत्त-सी हो गयी, और प्रति पल विकसित होनेवाली रसिकता से, काव्य की रंग-बिरंगी तरंगों को निहारने लगी। उसकी आत्मा ही बहुरंगी नहीं हो गयी; कभी-कभी अज्ञात रीति से उसके और रसनिधि के रंग का निराला मिश्रण भी होने लगा।

'पाद-प्रक्षालन' वाली राजसभा के विसर्जन के बाद सायंकाल को रसनिधि ने मंदिर में बैठे-बैठे 'विक्रमोर्वशीय' नाटक समाप्त किया!

"अब क्या सुनाओगे?"

रसनिधि दयार्द्र दृष्टि से उस बाला की ओर देखने लगा। उसके नेत्रों में अश्रु भर आये! बोला, "विलासवती, बहुत हुआ। अब मैं मान्यखेट में नहीं रहूँगा।'

विलासवती विस्मित होकर देखती रही। बोली, "तुम कब जाओगे?"

"तुम्हारे महाराज आज्ञा दे दें, तो इसी समय।"

विलासवती ने निःश्वास लिया। पूछा, "और लौटोगे..."

रसनिधि ने होंठ को दाँतों से दबाते हुए कहा, "लौटूँगा कब? जब भगवान शंकर लायें।" उसके नेत्र चमकने लगे।

विलास ने पुनः निःश्वास लिया और धीमे स्वर में बोली, "शिव शिव!"

"मुझे भी भोलानाथ को याद करने की इच्छा होती है। मैं तुम्हारे जीवन को व्यर्थ ही इस मार्ग पर ले गया। मुझे दुःख हो रहा है।" कहकर, अपने नेत्रों में अचानक आ गये अश्रुओं को रसनिधि ने पोंछ डाला।

"तुम क्यों रो रहे हो?"

साहस के साथ रसनिधि ने कहा, "तुम्हारे लिए।"

किंचित गौरव के साथ विलास ने पूछा, "मेरे लिए?"

"यहाँ तो सब पशु हैं, उनमें तुम्हारी क्या दशा होगी?"

विलास के होंठ फड़कने लगे।

रसनिधि खड़ा हो गया।

"मेरा वश हो, तो..."

विलास को न जाने किस अज्ञात कारण से कँपकँपी-सी आ गयी।

"तो..."

"तुम्हें अवन्तिका ले चलूँ!"

अश्रुपूर्ण नेत्रों से विलास देखती रही। अभी तीन दिन से ही वह उसे जानती थी पर ऐसा प्रतीत हुआ जैसे वह उसे बहुत पहले से जानती है।

विलासवती धरती की ओर देखती रही। रसनिधि स्नेह-स्निग्ध नेत्रों से विलास की ओर देखता रहा।

थोड़ी देर तक कोई न बोला।

तभी एक कठोर स्वर पीछे से सुनाई पड़ा, "क्यों रे! यहाँ क्या कर रहा है?"

दोनों ने उस ओर घूमकर देखा। कुमार अकलंकचरित मन्दिर की सीढ़ियों के नीचे यमराज के-से भयंकर रूप में खड़ा था। उसने कुछ सुना न था; किन्तु रसनिधि की प्रेमपूर्ण मुख-मुद्रा देखकर ही उसका हृदय खौल उठा था।

रसनिधि ने जोर से होंठ चबाया, चित्त ठिकाने आया। विलास बावली हो गयी।

क्रुद्ध नेत्रों से कुमार देखने लगा। रसनिधि भी अनिमेष नेत्रों से उसकी ओर देख रहा था।

अकलंकचरित ने पुनः पूछा, "क्या कर रहे हो?"

तनिक कठोरता से रसनिधि ने उत्तर दिया, "तुम देख तो रहे हो कि मैं क्या कर रहा हूँ।"

"मैंने कहा था न कि यह मन्दिर तुम्हारे लिए नहीं है?"

"मैं मन्दिर में नहीं आया था, महासामन्त की कुमारी से मिलने आया था।"

कुमार ने होंठ चबाये, "किसलिए?"

"मुझे इच्छा हुई कि अपने प्राण-रक्षक की पुत्री है; इससे मिलना ही चाहिए।"

कुमार को कुछ सूझ न पड़ा कि क्या उत्तर दे।

"विलासवती की तपश्चर्या भंग करने की चेष्टा न करो। जाओ, अपना रास्ता लो।"

रसनिधि हँस पड़ा, "तुम्हारे पिता आज्ञा दे दें, तो इसी समय चला जाऊँ।"

"बस, अब जाओ।"

"कुमारी को लेकर जाऊँगा, लक्ष्मीदेवी बुला रही हैं।"

"अच्छा अभी आती है।"

रसनिधि ने सोचा कि अब अधिक देर लगाना उचित नहीं है। वह धीरे-धीरे सीढ़ियों से उतरा और जाने लगा।

अकलंकचरित सीढ़ियों पर चढ़ा। विलास से कहा, "विलासवती, ऐसे मनुष्यों से वार्त्तालाप किया जाता है?"

विलास नीचे देखती हुई बोली, "मनुष्य तो बुरा नहीं है।"

अकलंकचरित के नेत्रों में निष्ठुर तेज आ गया, "ऐसे मनुष्य से वार्त्तालाप करना, तैलंगण की भावी सम्राज्ञी को शोभा नहीं देता।"

विलास ने ऊपर देखा और अचानक उसके नेत्रों से अश्रु निकल पड़े। बहुत देर तक उसका गला रुँधा रहा। कुमार स्थिर नेत्रों से देखने लगा। विलास के अश्रुओं का प्रवाह कुछ कम हुआ, तो तिरस्कार से अकलंक ने कहा, "यही तुम्हारा वैराग्य है, और यही तुम्हारी स्वस्थता?"

विलास कुछ न बोली। कुमार चुपचाप वहाँ से चला गया।

उसके चले जाने पर विलास तृषार्त्त चातकी के समान रसनिधि को चारों ओर खोजने लगी।

तप की महासिद्धि

मृणाल सायंकाल होने की प्रतीक्षा कर रही थी।

संसार के अनेक दुःख सहन कर लिये जाते हैं, और अनेक दुःसह हो जाते हैं, परन्तु प्रेमी की प्रतीक्षा में जो वेदना होती है, उससे अधिक असह्य वेदना दूसरी नहीं। इस वेदना का अनुभव मृणाल को जीवन में पहली बार हुआ था।

अपनी धारणा को दूसरे से सिद्ध कराने की उसे आदत थी; परन्तु इस समय उसके पास कोई अवलम्ब न था। ऐसी निरवलम्ब अवस्था में, इस वेदना में समाये हुए सुख का उसने कभी अनुभव नहीं किया था। वह नववधू के समान बड़े उत्साह से सायंकाल की प्रतीक्षा कर रही थी।

सूर्यास्त होने पर वह उठी, और धड़कते हुए हृदय को आश्वासन देती हुई मुंज से मिलने चली।

कारागृह के प्रहरियों ने राज्य-विधात्री को आते देखा, वे सिर नवाकर दूर हट गये। पाद-प्रक्षालन के समय होनेवाले झगड़े का समाचार समस्त मान्यखेट में फैल गया था और लोगों में यह जिज्ञासा उत्पन्न हो गयी थी कि देखें इसका अन्त किस प्रकार होता है।

सैनिक भी नयी-नयी गप्पें हाँक रहे थे। उन्हें ऐसा लगता था कि यह बड़ा विकट प्रसंग है। इस कारण, मृणाल का मुंज से मिलने आना उन्हें कुछ भी विचित्र नहीं लगा।

मृणाल ने सोचा कि लोक-लाज से बचने के लिए कोई बहाना निकालना चाहिए; अन्यथा मेरे यहाँ आने पर लोग बड़ी टीका करेंगे। उसने वहाँ खड़े हुए नायक से पूछा, "केदारदत्त, उस पापी का क्या हाल है?"

"आनन्द से सोता है। जैसा पहले था, अब भी है।"

"कितना कठोर है? इस पापी को भली-भाँति शिक्षा मिलनी चाहिए। तैलंगण की कीर्ति बढ़े और यह नत हो, तभी निस्तार है।" इतना कहकर वह अन्दर गयी। उसके स्वर में जो निश्चयात्मकता सदा रहती थी, वह इस समय न थी। अपने को असत्य बोलते देख, उसे रोमांच हो आया।

परन्तु इस असत्य का पश्चात्ताप अधिक देर नहीं रहा। जैसे ही उसने कारागार में प्रवेश किया कि मुंज का स्वर सुनाई पड़ा, "क्यों, आ गयी न? मैंने कहा था न?"

मृणाल का हृदय उन्मत्त हो गया। मुंज के स्वर की मोहिनी से वह अपने को भूल गयी। विगत रात्रि में उसे जिस आनन्द का अनुभव हुआ था, वह पुनः व्याप्त हो गया। उसे क्षोभ हुआ, वह लजा गयी, और काँपते हुए हाथों को एक-दूसरे से मिलाकर खड़ी हो गयी। पैरों ने आगे बढ़ना अस्वीकार कर दिया।

मुंज ने हँसते हुए कहा, "मृणालवती, अब इस प्रकार लजाने से काम न चलेगा। अब तुम्हारा निस्तार नहीं है।"

मृणाल ने बड़ा प्रयत्न किया; परन्तु कुछ न बोल सकी। विचार स्थिर नहीं हुए। स्वस्थता नहीं आयी। उसे अपने पर तिरस्कार हुआ, स्वस्थता प्राप्त करने के उसके सब प्रयत्न निष्फल हो गये।

नेत्र-तेज के सुदर्शन-चक्र से मृणाल का रक्षण करते हुए, धरणीधर के समान पृथ्वीवल्लभ निकट आकर खड़ा हो गया।

"घबरा क्यों गयी? अब तक प्रेत थीं—अब सजीव हो गयी हो।" इतना कहकर मुंज ने हाथ फैलाये।

मृणाल, इस अवस्था में भी, चौंक पड़ी और पीछे हट गयी। मुंज ने हाथों को बढ़ाकर जोर से मृणाल को पकड़ लिया।

मृणाल, वृद्धावस्था के किनारे खड़ी, उग्र तापसी, तड़फड़ाती, काँपती, भाग जाने की इच्छा से कम्पित आनन्द का अनुभव करती खड़ी रही। मुंज ने नीचे झुककर उसका चुम्बन किया।

आनन्द के मद में, पश्चात्ताप के क्रोध में, क्षोभ की अनिश्चित अवस्था में उसने सायास छूटने का प्रयत्न किया; परन्तु मुंज हँसते हुए उसका हाथ इस प्रकार पकड़े रहा जैसे वह कोई नन्हीं बच्ची हो। अन्त में मृणाल बोली, "यह क्या कर रहे हो?"

"मृणालवती, आनन्द का अनुभव कर रहा हूँ और करा रहा हूँ।" यह कहकर वह हँस पड़ा।

मृणाल ज़ोर से तड़फड़ाने लगी, मुंज ने उसे छोड़ दिया। वह उछलकर दूर जा खड़ी हुई।

"तुम मुझे कलंकित करते हो—मुझे भ्रष्ट करते हो; मेरे तप पर पानी फेरते हो।" गहरा श्वास लेते हुए मृणाल ने कहा।

"मृणालवती, फिर ढोंग कर रही हो? कलंक पापियों को लगता है, भ्रष्टता अशुद्ध होने पर आती है, और तप पर उनके पानी फिरता है जो निर्बल होते हैं। आनन्द-समाधि का अनुभव करते हुए कभी कलंक नहीं लगता, कभी भ्रष्टता नहीं आती। यह तो तप की महासिद्धि है। आनन्द की जो अरुचि है उसी का नाम रोग है। अब तुम रोग-मुक्त हो गयीं—अभी तक नहीं थीं। बोलो, कभी ऐसे सुख का अनुभव किया था?"

"तुमने कैसे जाना?"

मुंज पुनः हँस पड़ा।

" जो रोग-मुक्त होता है, वह तुरन्त ही नीरोग को पहचान लेता है। मृणालवती, इस क्षण-भंगुर जीवन में आनन्द का अनुभव करने के अतिरिक्त और किसी बात के लिए समय नहीं है। मुझे देखा, परखा, तब तुम यह बात समझीं।"

ज़रा हँसकर मृणाल ने कहा, "मुंजराज, तुम बड़े अद्‌भुत हो!"

"नहीं, केवल अनुभवी हूँ, और तुम्हें अनुभव बाँटने के लिए ही विधि ने मुझे यहाँ

भेजा है। नहीं तो मुझे यह कारावास क्यों करना पड़ता?'' इतना कहकर मुंज ने पुनः हाथ बढ़ाये और मृणाल को पकड़कर अपने पास खींच लिया।

धीरे-धीरे, लता की तरह खिंचती हुई मृणाल पृथ्वीवल्लभ के विशाल वक्ष से चिपट गयी।

मृणाल ने कलंक के विचार को, क्षोभ और पश्चात्ताप को दूर कर दिया। अनेक वर्षों की दबी हुई तरंगें आगे बढ़ने लगीं।

मुंज ज्यों-का-त्यों स्वस्थ था। क्षिप्रा की तरंगों में अवन्तिका की मद-भरी सुन्दरियों के साथ वह जिस आनन्द से बातें करता था, उसी आनन्द से एक अर्द्ध वृद्धा और कुरूपा तापसी से बात कर रहा था।

दूर से घण्टे का स्वर सुनाई पड़ा और बाहर किसी के पैरों की आहट हुई। मृणाल को समय और स्थान का भान हुआ।

''पृथ्वीवल्लभ, अब मुझे जाना चाहिए।''

''किसलिए?''

''मेरी दासियाँ जान जाएँगी, तो क्या होगा? और तैलपराज...''

''भले ही जान जायँ। हम कोई अपराध थोड़े ही कर रहे हैं?''

मृणाल ने हँसकर होंठ चबाते हुए कहा, ''तुम्हारी निर्लज्जता की भी सीमा नहीं है।''

''क्यों?''

''तुमको किसी की परवाह नहीं।''

''परवाह किसलिए हो? जो सेवक हो उसे परवाह हो, अधम हो उसे परवाह हो, हमें परवाह किस बात की? कभी सिंह को भी लज्जित होते देखा है?''

''वास्तव में तुम पृथ्वीवल्लभ हो!''

''यह तो मैं तुमसे और तुम्हारे भाई से कभी का कह रहा हूँ।''

''मैं तुम्हें पकड़ लायी—और अन्त में स्वयं ही पकड़ी गयी!''

''यह मैं जानता था।''

बाहर से किसी ने द्वार खोलने का प्रयत्न किया।

मृणाल तुरन्त पीछे हट गयी और पूछा, ''कौन है?''

केदारदत्त द्वार खोलकर आया। बोला, ''महाराज आपको बुला रहे हैं।''

कृत्रिम गाम्भीर्य से मृणाल बोली, ''कह दो, आती हूँ। मुंज, मैंने जो कहा है, याद रखना।''

मुंज ने छलपूर्ण हास्य से कहा, ''तुम्हारे लिए अभी बहुत कुछ शेष है। हो सका, तो फिर मिलूँगा।''

मृणाल के प्रेमपूर्ण नेत्रों से एक मोहक कटाक्ष-वाण छूटा और सामने खड़े विलास-युद्ध के महारथी ने उसे शान्त-भाव से हँसते-हँसते झेल लिया।

भोज

नये प्रणयी की-सी उत्साहपूर्ण दृष्टि से वह मृणाल की ओर देखता रहा। जब वह चली गयी, तो हँसा, घूमा, और निश्चिन्तता से शयन के लिए एक कोने में जा लेटा। कुछ ही क्षण में उसकी सेवा में सर्वदा उपस्थित रहनेवाली निद्रादेवी उस पर प्रसन्न हो गयी।

कुछ ही समय बाद उसे धरती की गहराई से आता हुआ एक स्वर सुनाई पड़ने लगा। प्रतीत हो रहा था, जैसे कोई पृथ्वी को खोद रहा है। धीरे-धीरे वह स्वर बिलकुल निकट आ पहुँचा।

मुंज ने धीरे से आँखें खोलीं और कानों को लगाकर सुनने लगा। जहाँ वह सो रहा था; वहीं, उस पत्थर के नीचे, कोई खोदता हुआ जान पड़ा।

मुंज वहाँ से हट गया और अपने आप हँसने लगा। उसके होंठ तिरस्कार से फड़क उठे। उसने सोचा कि तैलप ने छिपे-छिपे उसकी हत्या कराने के लिए इन खनिकों को भेजा है।

'बेचारे तैलप को और कोई मार्ग न मिला!' यह कहकर वह आगे के कोने में जाकर, शान्ति से खड़ा हो गया।

कुछ क्षण बीते और पत्थर हिलने लगा। दूसरे ही क्षण वह ऊँचा उठ आया और किसी ने नीचे से अपना सिर निकाला।

"महाराज!"

शान्ति से मुंज ने पूछा, "कौन है?"

"मैं हूँ—भोज! कहकर आगत व्यक्ति ने चकमक घिसकर प्रकाश किया।"

"कौन, भोज? तू यहाँ कैसे आया?"

भोज, रसनिधि के नाम से सम्बोधित पुरुष ही था। मशाल को भूमि पर रख, सुरंग से उछलकर वह मुंज के सामने आया और मुंज उससे लिपट गया।

"वत्स, तू कहाँ से आ गया?"

रसनिधि (भोज) के उत्तर देने के पहले ही सुरंग से धनंजय और दो-तीन अन्य कवि भी कूदकर ऊपर आ गये।

"अहाहा! कैसे हो, धनंजय! हलायुध! अग्निमित्र!" कहकर मुंज ने उन सबको गले से लगा लिया।

हलायुध ने भूमि पर रखी हुई मशाल को उठाकर ऊपर रख दिया।

"कवियो! यह क्या?"

भोज बोला, "महाराज, आपको बचाने के लिए।"

मुंज हँस पड़ा, "परन्तु तू आज प्रातःकाल इन कवियों में कैसे आ गया?"

"महाराज! सेना तितर-बितर हो गयी और आप जब बन्दी हो गये, तो मैं वेष बदलकर लोगों के समूह में यहाँ आ पहुँचा।"

मुंज ने कहा, "और मुझे बचाने का मार्ग खोज निकाला! ऐसे भयंकर कार्य में क्यों हाथ डाला?"

"महाराज! आपके बिना हम कैसे रह सकते हैं?"

"पगले, तो फिर तू राज्य कब करेगा?"

"महाराज! मुझे राज्य-लक्ष्मी की तृष्णा नहीं है।"

स्नेह से हँसकर मुंज ने कहा, "जब मैंने तुझे मार डालने के लिए भेजा था, तब तो तूने कुछ और ही बात कही थी। मुझसे क्या कहा था, याद है—'नैकेनापि समंगता वसुमती मुंज त्वया यास्यति।'[1]"

भोज ने सुरंग दिखलाते हुए कहा, "इसी कारण मुझे धरणी को अनाथा नहीं बनाना है, चलिए!"

"परन्तु मान्यखेट के बाहर तू कैसे ले चलेगा?"

"इसका भी प्रबन्ध कर लिया है। आधे प्रहर में हम अवन्तिका का मार्ग पकड़ लेंगे। चलिए, अब विलम्ब करने का काम नहीं है।"

"किसलिए यह कष्ट उठाया?"

"महाराज, यह बात करने का समय नहीं।"

शान्तभाव से मुंज ने कहा, "क्यों नहीं है? ऐसा आनन्द भला कहाँ प्राप्त हो सकता है?"

"परन्तु, कोई आ जायगा, तो पकड़े जायँगे।"

"यह तुमने किस तरह जाना कि यहाँ से निकलते समय नहीं पकड़े जायँगे? मुझे तुम किस प्रकार बचाने वाले थे?"

धनंजय अधीर होकर बोला, "प्रभो! नगर के बांहर निकलनेवाली सुरंग का पता लग गया है।"

स्वस्थता से पृथ्वीवल्लभ ने कहा, "सुरंग का पता लग गया है, तो क्या हुआ? तुम भी ऐसे भ्रम में पड़ गये? अमात्य रुद्रादित्य की भविष्यवाणी भूल गये? उसने क्या कहा था? 'पृथ्वीवल्लभ, जीवन में एक ही बार गोदावरी को लाँघकर जायगा, दूसरी बार नहीं।' मैं एक बार गोदावरी को लाँघ चुका।"

भोज अधीर हो गया। बोला, "महाराज, भविष्यवाणी तो भगवान भास्कराचार्य की भी सत्य नहीं निकली। क्या उसी के आधार से आप यहाँ रहेंगे?"

मुंज हँस पड़ा, "भोज! भोज! तुम बड़े उतावले हो। मैं आज नहीं चल सकूँगा।"

---

1. भोज को मार डालने के लिए जब मुंज ने हत्यारों को भेजा था, तब उसने कटाक्ष से कहा था कि 'हे मुंज! किसी भी राजा के साथ जो पृथ्वी नहीं गयी, वह तेरे साथ जायगी।'

चारों व्यक्ति स्तब्ध रह गये।

"और, कल तक तो न जाने क्या हो जाएगा?"

लापरवाही से मुंज ने कहा, "होगा क्या? सूर्य का उदय और अस्त।"

धनंजय ने पूछा, "परन्तु आज चलने में कौन-सी बाधा है?"

मुंज फिर हँस पड़ा, "मुझे अभिसारिका का आदर करना है!"

"हैं!" धनंजय और भोज दोनों चौंककर बोले।

"घबरा गये! कारागृह का अन्धकार कहीं कामवाण को भी रोक सकता है? नहीं कविराज, जहाँ विश्वव्यापी परब्रह्म भी नहीं पहुँच सकता, वहाँ ये वाण त्रास उत्पन्न कर देते हैं—भूल गये?"

भोज दुःखित होकर होंठ चबाने लगा। धनंजय पृथ्वीवल्लभ की लापरवाही देखकर स्तब्ध रह गया। उसने हँसकर कहा, "महाराज, यहाँ ऐसा कौन मिल गया?"

"तैलंगण की महातपस्विनी, तैलप की बहन!"

धनंजय ने पूछा, "क्या कहते हैं?"

भोज को रोमांच-सा हो आया। हलायुध और अग्निमित्र कुछ विचारते हुए कहने लगे कि यह सत्य है या स्वप्न?

"सत्य है। वह बेचारी विरहाग्नि में जलकर मर रही है।"

भोज से चुप न रहा गया, "महाराज, इस समय तो कृपा कीजिए। हम पर नहीं, तो अवन्तिका पर ही।"

भोज का क्रोध देखकर मुंज हँस पड़ा, "बेटा, प्राण त्यागे जा सकते हैं; पर अभिसारिका को दिया हुआ वचन कहीं तोड़ा जा सकता है? तुम अभी बच्चे हो।"

चारों व्यक्ति एक-दूसरे की ओर देखने लगे। वे मुंज को जानते थे। उन्हें ज्ञात था कि वह अटल निश्चयी है।

"तो कल कब चलिएगा?"

"मध्यरात्रि में।"

भोज ने अन्तिम प्रयत्न किया, "महाराज, एक दिन में न जाने क्या हो जाय?"

"हो जाने दो, इससे क्या?"

भोज चुप हो गया। उसे यह न सूझ पड़ा कि इसका क्या उत्तर दिया जाय। उसने एक गहरा निःश्वास लिया।

"अच्छी बात है। जीवित रहे, तो कल रात्रि को ही देखा जायगा।"

"मुझे और मृणाल—दोनों को ले चलने की तैयारी कर रखना।"

अन्ततः वे चारों सुरंग में उतर गये।

सुरंग के मुँह पर पत्थर रखकर पृथ्वीवल्लभ उस पर सो गया। थोड़ी देर में उसे निद्रा आ गयी।

उस ओर, सुरंग में से भोज और कवि-गण दुखित भाव से बाहर निकले।

भोज ने कहा, "कविराज, यह भी कोई मनुष्य है?"

"नहीं, देव है।"

"मैंने तो क्रोध में कहा था कि पृथ्वी इसके साथ जायगी! परन्तु ये तो यह मान ही बैठे हैं कि अवश्य जायगी।"

"यही उनकी विशेषता है।" यह कहकर थका हुआ धनंजय, धरती पर बैठ गया।

मुंज

युवावस्था में प्रणय निःस्वार्थ और पवित्र होता है; प्रौढ़ावस्था में क्षमाशील और ज्ञानपूर्ण; वृद्धावस्था इसके लिए नहीं है। और यदि इस अवस्था में वह अतिथि बन ही जाय, तो इन चारों में से एक भी गुण उसे प्राप्त नहीं होता।

यह प्रणय दबी हुई सहानुभूतियों का अस्वाभाविक अन्धड़ होता है, या अत्यन्त विषयी स्वभाव की लालसा का परिणाम। मृणालवती का प्रणय इन्हीं में से किसी एक प्रकार का था। उसको एक ही वस्तु का ध्यान था—अपने भयंकर हृदय को संतुष्ट करने का। उसमें सुकोमल, अनुभवहीन बालिका की-सी कल्पनाशक्ति और अज्ञानता न थी और इसी से वह किसी अल्पवयस्का की भाँति प्रणयी का पूजन नहीं करती थी, उसकी मूर्ति का मानसिक अर्घ्य से आराधन नहीं करती थी, उसके आचार-विचारों के मनन में ही तल्लीन नहीं रहती थी, विषय-तृप्ति से चतुरा बनी हुई, अनुकूलता और शान्ति का सेवन करती हुई, मध्या की भाँति भी वह प्रणयी को स्नेह से नहीं देखती थी, और न उसकी सेवा में आनन्द ही मानती थी।

मृणाल में बारह वर्ष की नवोढ़ा का अज्ञान था—सत्रह वर्ष की रसिकता का असन्तोष था—प्रौढ़ा से भी अधिक मस्ती थी—वृद्धा का कल्पनाहीन, अनुभवी स्वार्थी मस्तिष्क था—ब्रह्मचारिणी का शरीर-बल था—और, उग्र तापसी की कार्य-साधना। उसे देखकर ऐसा जान पड़ता था मानो देवासन से पतित दुर्गा ने मदमत्त पशु का स्वरूप लेकर, अनुभूत लालसा की तृप्ति के लिए अवतार ले लिया हो!

वह आनन्द में थी, वायु में उड़ रही थी। उसके प्रवीण मस्तिष्क ने निर्णय ले लिया था—मुंज जीवन-भर बन्दी रहेगा! उसकी इच्छा होते ही तैलप उसे बन्दीगृह में सुखपूर्वक रखेगा; फिर ऐसा कौन है, जो उसके प्रेम में विघ्न डाल सके?

उसने अपनी सहानुभूतियों को 'प्रेम' शब्द की संज्ञा दी थी। उसका यह प्रेम भी उसके स्वभाव के योग्य था। जिस प्रकार महत्वाकांक्षा को पूर्ण करने के लिए उसने पृथ्वीवल्लभ को विजित किया था, उसी प्रकार लालसा को संतुष्ट करने के लिए अब

उसने मुंज को विजयी बनाया था। एक अवन्तिनाथ के प्रताप से उत्पन्न हुई थी, दूसरी उसके अप्रतिम सौन्दर्य से; और उसे प्रतीत हुआ कि प्रतापी मुंज को बन्दीगृह में रखने ही से उसकी ये दोनों इच्छाएँ संतुष्ट हो सकेंगी।

इस आत्म-स्तोत्र का पाठ करने में वह भूल गयी कि उसके और मुंज के प्रणय-प्रसंग में विजेता कौन है। उसकी धारणा यह हो गयी कि वह स्वयं ही विजेता है।

रात्रि व्यतीत हुई। वह उठ बैठी और उसे फिर इच्छा हुई कि जाकर मुंज से मिल आये। वह वहाँ से निकलकर कारागृह में जा पहुँची।

उसे आते देखकर प्रहरी को बेचारे बन्दी पर दया आयी। उसे लगा कि यह भयंकर राज्यविधात्री इतनी बार मुंज के पास आती है, परिणाम यही होगा कि वह बुरी मौत मारा जायगा। मृणाल के स्वभाव और राजनीति को लोग क्रूर मानते थे। इसलिए प्रहरी ने सोचा कि उसके मिलने का अभिप्राय क्रूरता-रहित हो ही नहीं सकता।

मृणाल को देखते ही उदयोन्मुख सूर्य-किरणों के समान किरणें मुंज के नेत्रों से निकलीं। थोड़ी देर बातचीत हुई। नेत्र एक-दूसरे के सामने नृत्य करने लगे, और मुंज ने बात चलाई, "अच्छा हुआ, तुम आ गयीं।" इतना कहकर उसने प्रेम से मृणाल के कंधे पर हाथ रख दिया।

"क्यों?"

"मैं सोच रहा था कि इस प्रकार चोरी-छिपे जीवन कैसे व्यतीत होगा?"

"और दूसरा मार्ग ही कौन-सा है? कुछ समय पश्चात कदाचित् कोई मार्ग सूझ जाय।"

"हम कोई बालक तो है नहीं कि व्यर्थ ही समय खो दें।" यह कहकर मुंज हँस पड़ा। बोला, "तुम्हारे भी बाल सफेद हो चले हैं, और मेरी अवस्था भी पचास की हो गयी है।"

"क्या कह रहे हो? मैंने तो सोचा था, कि...

"कि मैं बहुत छोटा हूँ, क्यों?"

"हाँ, न तो एक बाल ही सफेद हुआ, और न कपाल पर बल ही पड़ा। तुम तो बड़े अद्भुत हो!"

मुंज ने कहा, "जैसा हृदय होता है, वैसी ही वयस् हो जाती है। तुम यहाँ पर चैन से सुख का भोग नहीं कर सकतीं।"

"क्यों?"

"मैं देश का शत्रु हूँ, तुम्हारा भाई मेरा शत्रु है। तुम्हें सब लोग तपस्विनी मानते हैं और राजमाता का सम्मान देते हैं। तनिक भी ज्ञात हो गया तो यहाँ के लोग तुम्हें जीवित नहीं छोड़ेंगे।"

"यहाँ मुझे कौन पूछनेवाला है?"

"जहाँ यह प्रकट हुआ कि तुम्हारी तपस्या भंग हो गयी है, तो पूछना तो दूर, तुम्हें लोग खा जाएँगे।"

मृणाल चुप हो गयी। मुंज ने स्नेह से अपना हाथ उसके कन्धे पर रखा और उत्तर की प्रतीक्षा करने लगा।

"तब कौन-सा मार्ग है?"

"एक तो यह कि तुम मेरा विचार करना छोड़ दो, और पुनः अपना आडम्बर फैलाओ।"

मृणाल मद-भरे नेत्रों से मुंज की ओर देखती रही! उसके नेत्र स्पष्टतया उत्तर दे रहे थे कि इस मार्ग का ग्रहण करना असम्भव है।

मृणाल के चेहरे का भाव देखकर मुंज ने कहा, "यदि यह नहीं हो सकता, तो तैलप के सिंहासन पर तुम बैठो।"

"इस समय भी तो ऐसा ही है।"

"कौन कहता है? सिंहासन के निकट बैठने और उस पर आसीन होने में आकाश-पाताल का अन्तर है।"

मुंज के कथन का भाव न समझकर मृणाल ने पूछा, "सिंहासन पर कैसे बैठा जा सकता है?"

शान्त भाव से पृथ्वीवल्लभ ने कहा, "तैलप को मारकर।"

मृणाल चौंककर पीछे हट गयी और बोली, "यह कैसे हो सकता है?"

मधुर स्वर में मुंज बोला, "बड़ी सरलता से। मुझे रात्रि में उसके पास ले चलो। क्षण-भर में ही वह अपने ठिकाने पहुँच जायगा।"

"ओह! परन्तु वह मेरा भाई है। पुत्र के समान मैंने उसे पाला है। उसका वध कैसे किया जा सकता है?"

"तो तीसरा मार्ग इससे भी कठोर है।"

मृणाल ने पूछा, "वह कौन-सा?"

"मेरे साथ चलो। तुम्हें साथ ले जाकर मैं अवन्तिका की सम्राज्ञी बनाऊँगा।"

मृणाल चौंक उठी। मुंज की भयंकर और असम्भव-सी बातों से वह उन्मादिनी-सी हो गयी थी।

"क्या कह रहे हो?"

हँसकर मुंज ने मृणालवती का चुम्बन ले लिया और धीरे से उसकी एक सफेद लट अँगुलियों से उठा ली।

"महाकालेश्वर भगवान की छत्र-छाया में ही पृथ्वी का महाप्रतापी सिंहासन है। उस पर अभी तक केवल मैं ही था; परन्तु अब उस पर हम दो जने बैठ सकेंगे।"

"परन्तु मैं...तैलप की बहन..."

"हाँ। तैलंगण के सिंहासन की अपेक्षा एक ही सिंहासन अधिक प्रतापी है—अवन्तिका का। तैलप की बहन वहीं शोभा देगी।"

"परन्तु..."

"तब चौथा मार्ग यहाँ पर इसी प्रकार रहने का है। इसमें मुझे कुछ नहीं, परन्तु लोग तुम्हें क्या कहेंगे? न तुम पूरी तपस्विनी ही रहीं—और न अखण्ड आनन्द ही लूटा; न घर की रहीं न घाट की।" इतना कहकर निश्चिन्त भाव से हँसकर मुंज जरा आगे बढ़ा।

मृणाल देखती रही। उसे इस तेजस्वी पुरुष के बिना जीवित रहना असम्भव प्रतीत हुआ। धीरे से उसने उसके मुख की एक-एक रेखा पर दृष्टिपात किया। उसने सोचा इस मनुष्य को अपना बनाने के लिए जो भी किया जाय, थोड़ा है।

मृणाल के कंधे पर हाथ रखकर, उसे अपनी ओर खींचते हुए मुंज ने पूछा, "क्यों, क्या विचार है?"

मृणाल ने आवेश में आकर मुंज के दोनों हाथ पकड़ लिये। कहा, "पृथ्वीवल्लभ, तुमने मुझे उन्मादिनी बना दिया है। बोलो, क्या करूँ? मुझसे अपने भाई की हत्या नहीं की जा सकती, परन्तु अवन्तिका चल...।" आवेश से उसका हृदय धक-धक कर रहा था।

"आज रात्रि को।"

मृणाल ने चकित होकर पूछा, "आज रात्रि को! यह कैसे?"

"ठीक मध्यरात्रि को यहाँ आना। यहाँ से जाने का मार्ग मिल जायगा।"

"परन्तु किस प्रकार?"

"यदि कामदेव को मार्ग की आवश्यकता हो, तो कारागृह कहीं रोक सकता है?" कहकर मुंज ने पुनः उसका चुम्बन लिया और उसे अपने हृदय से लगा लिया।

थोड़ी देर में मृणाल अलग हो गयी। बोली, "पर अवन्तिका में तुम्हारी पटरानी तो होगी?"

मुंज खिलखिलाकर हँस पड़ा, "जो मेरे हृदय में बस गयी, वही पटरानी है।"

मृणाल पुनः मुंज से लिपट गयी। मुंज बोला, "तो आज रात्रि को अवश्य।"

"पृथ्वीवल्लभ जिस बात के लिए कह रहा हो, उसके लिए भी कोई 'न' कह सकता है?" कहकर मृणाल चली गयी।

लक्ष्मीदेवी की स्वीकृति

दूसरे दिन रसनिधि ने लक्ष्मीदेवी को खोज निकाला। वह एक ओर असन्तोष की मूर्ति बनकर रसनिधि के षड्यन्त्र का पोषण करने में और दूसरी ओर महासामन्त में असन्तोष का विष बोने में व्यस्त थी।

रसनिधि के आते ही लक्ष्मीदेवी उसके निकट आ गयी।

''क्यों रसनिधि, अभी यहीं हो?''

चारों ओर दृष्टिपात कर रसनिधि ने कहा, ''आज रात्रि को।''

तिरस्कार से लक्ष्मीदेवी ने पूछा, ''कल क्या मुहूर्त्त नहीं था?''

''उन्होंने अस्वीकार कर दिया।''

''किसने...पृथ्वी...''

''हाँ।''

आश्चर्य से लक्ष्मी ने पूछा, ''क्यों...?''

रसनिधि ज़रा हँस पड़ा। कहा, ''वे कारागृह में बैठे-बैठे काम-वाणों से विद्ध हो गये हैं।''

''हैं!''

रसनिधि बोला, ''किसी से कहिएगा नहीं—आपकी मृणालवती महाराज पर मुग्ध हो गयी हैं!''

जैसे अन्धकार से निकलते हुए मनुष्य के नेत्र प्रकाश में आते ही चौंधिया जाते हैं, उसी प्रकार लक्ष्मीदेवी पहले तो देखती रही, फिर सारी बात समझकर खिलखिलाकर हँस पड़ी। बहुत देर तक वह अपना हँसना न रोक सकी। अन्त में उसने हँसी से आये हुए अश्रु पोंछकर कहा, ''क्या कह रहे हो!''

''सत्य है। वह भी आज साथ जायगी।''

ज़रा हँसकर लक्ष्मीदेवी बोली, ''चलो, अच्छा हुआ; और तुम भी विलास को ले जा रहे हो?''

रसनिधि चौंक पड़ा, ''आपको ज्ञात है?''

''हाँ। यदि तुमने न कहा, तो क्या मुझसे बात छिपी रह सकती है?''

''आप आज्ञा देती हैं?''

''तो क्या मैं चुप हूँ? यहाँ सड़ने की अपेक्षा वहाँ रहना क्या बुरा है?''

''केवल यही कि तैलंगण का सिंहासन प्राप्त नहीं हो सकेगा।''

''भलेमानस! मुझे भरमाना चाहता है? तैलंगण नहीं, तो अवन्तिका ही सही। इसमें क्या बुराई है।''

रसनिधि—भोज—ने कहा, ''देवी, क्षमा कीजिए। चाचा जी के रहते मेरी बारी न जाने कब आयगी। ईश्वर ही जाने। परन्तु मेरे हृदय में तो सम्राज्ञी होकर रहेगी।''

"मुझे इतना ही चाहिए बेटा, जाओ, विजयी होओ।"

"परन्तु विलास से अभी न कहिएगा, नहीं तो वह अपने पिता या और किसी से कह देगी।"

मृणाल ने मार्ग निकाला

मृणालवती अस्थिर चित्त से विचार करने लगी; परन्तु किसी निश्चय पर न पहुँच सकी। मुंज ने उससे बलपूर्वक 'हाँ' कहलवा लिया था; उसने अवन्तिका चलने का वचन भी दे दिया था। पर मुंज के मोहक नेत्रों से ओझल होते ही उसके विचारों ने पलटा खाया। उसे अपना यह वचन अच्छा न लगा। उसका सम्मान, उसका गौरव, वर्षों का बना हुआ महत्वाकांक्षा का दुर्ग और सत्ता प्राप्त करने के लिए किये गये आज तक के समस्त महाप्रयत्न, ये सभी इस वचन से चूर-चूर हो जानेवाले थे।

वह वृद्धा थी, उसमें चातुरी थी। वह समझ गयी कि मुंज नेत्रों के निक्षेप मात्र से ही उसे नचानेवाला उस्ताद है। इसमें तो कोई संशय नहीं था कि यदि वह उसके साथ चली जायगी तो अवश्य ही कहीं की न रहेगी।

इस निराधार अवस्था के भयंकर अनुभव का दृश्य देखकर उसे रोमांच हो आया। सोचने लगी–वह तपस्विनी है, राज्य-विधात्री है, पृथ्वी को भी कम्पित करनेवाली महामाया है; फिर क्या एक पल में ही वह इतनी निस्सहाय हो जायगी?

परन्तु मुंज का भी उसे भारी मोह था। उसके बिना रहने का अब उसमें साहस न था; और उसे यह भी लगता था कि दो दिन में यह जो रस-सृष्टि हुई है, उसका भी विनाश हो जायगा। उसे लगा कि वह मुंज के लिए ही रची गयी थी। अब तक वह उसी के लिए निर्जीव जीवन के शुष्क अरण्य में भटक रही थी। अब उसे हाथ से कैसे जाने दिया जाय? अपनी इच्छा से इस नवीन रस-सृष्टि में कैसे आग लगाई जाय?

मुंज निश्चल था। वह न जायगी, तो मुंज तो जायगा ही; और वह सदा के लिए अकेली रह जायगी, मूक और पंगु हो जायगी। फिर जीवन किस काम का? फिर सत्ता किस काम की? फिर महत्त्वाकांक्षा सिद्ध हो या न हो, उससे क्या? यह स्थिति उसे निराधार अवस्था से भी अधिक बुरी लगी।

तो सत्ता और महत्त्वाकांक्षा को ही क्यों न भस्म कर दिया जाय? उसमें सुख और शान्ति कहाँ है? अकेले रहने की अपेक्षा किसी के आधार पर रहना क्या बुरा है?

वह निश्चय पर आने लगी–अवन्तिका जाने ही में उसका भला है। उसके हृदय की अनिश्चित स्थिति का अन्त होने लगा।

फिर एक विचार आया और उसका हृदय वज्र के पंजे में जकड़ गया। मुंज जवान

है, सुन्दर है, रसिक है; स्त्रियों को वश में करने की विद्या में प्रवीण है, उसकी बातों से ही ज्ञात होता है कि उसने अनेक हृदयों को रिझाया और विरहाकुल किया है; वह सौन्दर्य-भोगी है। मैं लगभग वृद्ध, कुरूपा, नीरस, रस-शास्त्र से अनभिज्ञ और ललित कलाओं की कट्टर शत्रु रही हूँ। मेरा और मुंज का पारस्परिक सम्बन्ध कब तक निभेगा...यह विचार उसके लिए बड़ा भयंकर, बड़ा दुःखदायी और हृदय-विदारक था। कौन-से सूत्र से यह सम्बन्ध जुड़ा है? न सौन्दर्य का आकर्षण; न रस-मय जीवन में सहयोग करने की शक्ति, और न बाल्यकाल का श्रद्धापूर्ण प्रणय। केवल कच्चे धागे से बँधे हैं दोनों। वह मुंज की कीर्ति और सौन्दर्य पर मोहित हुई है; उसके प्रभावशील, सत्ताशील स्वभाव पर मुग्ध हुई है। उसका यह मोह कब तक ठहरेगा? क्यों ठहरेगा? अवन्तिका जाने से उसके प्रभाव की पूर्णाहुति होगी, उसकी सत्ता का नाश होगा। अब भी उसका प्रभाव और उसकी सत्ता पृथ्वीवल्लभ के पैरों के तले रौंदी जा रही है। फिर—फिर क्या होगा?

एक सन्देह सत्य का स्वरूप धरने लगा; मुंज ने केवल क्षणिक आनन्द के लिए उसे वश में किया था। इसी प्रकार उसने बहुतों को किया होगा। कारागृह से निकलते ही इस नवयौवनपूर्ण मोहक संसार में उसे आवश्यक और इच्छित सुन्दरियाँ और क्यों नहीं मिलेंगी? फिर क्या किया जाय?

'मान्यखेट चला जायगा, अवन्तिका चली जायगी, पृथ्वीवल्लभ चला जायगा; तब वह कहाँ रहेगी?' इस स्थिति की कल्पना करने की भी उसमें शक्ति न रही।

हाथों पर मस्तक टेककर वह विचार-माला के मनकों को फेरती रही। सार यही निकला कि मुंज को मान्यखेट ही में रखा जाय—यही निराकरण ठीक है। अपनी सत्ता भी रहेगी, मुंज भी हाथ में रहेगा, और आनन्दावधि का अनुभव करना भी सरल हो जायगा। ज्यों-ज्यों वह विचार करती गयी, त्यों-त्यों यही निराकरण उसे अधिक रुचिकर प्रतीत हुआ। उसने पहले भी यही विचार प्रकट किया था, पर मुंज ने उसे हँसकर उड़ा दिया था।

तो अब मुंज को किस तरह रोका जाय? क्या वह उससे जाकर मिल आये? बहुत देर तक उसने सोचा और अन्ततः वह एक निश्चय पर आयी।

एक सेवक के द्वारा उसने कुमार अकलंकचरित को बुला भेजा।

"कुमार!"

"आज्ञा?"

"बेटा, तेरे शौर्य को उज्ज्वल करनेवाला एक कार्य सौंपना है।"

"क्या?"

"मुझे एक भयानक षड्यन्त्र का पता चला है।"

"कैसा षड्यंत्र?"

"मुंज आज रात्रि को मुक्त कराया जायगा।"

"हैं!" कहकर कुमार एक पग पीछे हट गया, "कौन कहता है?"

मृणाल बोली, "तुम्हारे पिता और तुम्हारी रक्षा के लिए मुझे किस बात का पता नहीं रहता? आज रात बारह बजे उसे ले जाने के लिए कुछ लोग आनेवाले हैं।"

"कहाँ से?"

"सुरंग में से। इस छल का अन्त करना है और मुंज को रोकना है।"

"जो आज्ञा।"

"परन्तु मैंने तुम्हें क्यों बुलाया है, जानते हो?"

"नहीं।"

"मैं तुम्हारे पिता से बुलाकर कहती; परन्तु वे निर्मल बुद्धि को त्याग कर द्वेषी हो गये हैं—मुंज को मार डालना चाहते हैं। राजाओं के शरीर सर्वदा अस्पर्श्य माने जायँ, यही उत्तम राजनीति है। तुम इस नीति को उज्ज्वल रक्खोगे, इसीलिए यह काम तुम्हें सौंपती हूँ।"

"जो आज्ञा।"

"मुंज का एक बाल भी बाँका न होने पाये—नहीं तो तेरी अकलंक-कीर्ति कलंकित हो जायगी। समझ लो। जाओ, सावधानी से कार्य करना।"

"इसमें अब आपको अधिक समझाने की आवश्यकता न होगी।" कहकर, जैसे स्वस्थ बदन वह आया था, वैसे ही चला गया।

मध्यरात्रि

कारागार से निकल जाने अथवा मृणाल को ले चलने की उमंग से मुंज के हृदय में तनिक भी अस्वस्थता नहीं आयी; सदा की भाँति हाथों का तकिया लगाकर वह अर्ध-निद्रित अवस्था में लेटा रहा।

उसने धीरे से नेत्र खोले। लगा जैसे मध्यरात्रि का आरम्भ हो गया है।

कुछ ही देर में कारागार के द्वार पर किसी के पैरों की आहट सुनाई पड़ी; वह उस ओर देखने लगा। थोड़ी देर में आहट शान्त हो गयी। उसे आश्चर्य हुआ कि मृणाल अभी तक क्यों नहीं आयी?

तुरन्त ही सुरंग में से किसी वस्तु के खटखटाने का शब्द सुनाई पड़ा। किसी ने पाँच बार खट-खट किया। मुंज ने भी खड़े होकर एड़ी से उतनी ही बार खटखटाया धीरे से सुरंग के नीचे का पत्थर ऊँचा हो गया और भोज का सिर दिखाई दिया।

उसने धीमे स्वर में पूछा, "चाचाजी, तैयार हैं न?"

"नहीं। अभी मृणालवती नहीं आयी।"

ज्योंही उसके मुँह से ये शब्द निकले, त्योंही एकाएक दस-पन्द्रह मनुष्य कारागार में मशाल लेकर घुस आये।

मुंज उस ओर घूमा और मनुष्यों को देखकर सावधान हो गया।

'जय महाकाल' कहकर वह सुरंग की ओर घूमा और पैर से, भोज को चले जाने का संकेत किया। भोज तुरन्त ही पत्थर को खींचकर चला गया।

परन्तु उसके जाते-जाते पत्थर नीचे गिरता हुआ दिखाई दे गया और अकलंकचरित उछलकर उस जगह जा पहुँचा। एक नायक पत्थर को रोकने के लिए दौड़ा, उसकी अँगुली बीच में आ गयी और पत्थर अपने स्थान पर भली-भाँति न बैठ सका। पाँच-छः सैनिक पत्थर को उठाने लगे।

बीस-पच्चीस सैनिक मुंज पर टूट पड़े, और बड़ी कठिनाई से उसे बाँध पाये।

इतने में पत्थर ऊपर उठ आया।

कुमार ने कहा, "नायक, तुम उस दुष्ट का पीछा करो। जहाँ तक हो, उसे जीवित पकड़ना, अन्यथा समाप्त कर देना।"

वह मुंज की ओर घूमकर बोला, "पापी, यहाँ भी अपनी चातुरी दिखाने लगा?" उसने सैनिकों से कहा, "जाओ, मैंने जो तलघर बनवाया है, उसमें इसे ले जाओ। यदि यह कहीं निकल गया तो अपना अन्त ही समझ लेना।"

इसके बाद एक मशालवाले को आगे करके, नंगी तलवार ले अकलंकचरित ने सुरंग में प्रवेश किया।

सैनिकों ने पृथ्वीवल्लभ को खूब कसकर बाँधा, और वहाँ से ले जाकर उसे तलघर में बन्द कर दिया।

अर्ध-निद्रित तैलपराज को एक अस्पष्ट-सा कोलाहल सुनाई पड़ा। वह उठकर बिछौने पर बैठ गया। खड़ा हुआ और खिड़की खोली। जिस ओर मुंज को बन्द किया गया था, उस ओर मशाल का प्रकाश दिखाई दिया—सैनिकों का स्वर भी सुन पड़ा। उसके कान खड़े हो गये। उसे भय हुआ कि मुंज कहीं भाग न जाय। तलवार लेकर वह नीचे उतरा। वहाँ पहुँचने पर उसे सब समाचार ज्ञात हुआ। जिस तलघर में मुंज रखा गया था, वहाँ पहुँचा।

एक ओर से वह आया और दूसरी ओर से मृणालवती आती दीख पड़ी। उसके क्रोध का पार न रहा। पाद-प्रक्षालन के समय किया गया अपमान, और उसके द्वारा की गयी मुंज की रक्षा को वह भूल नहीं गया था। अपनी बहन पर उसे अविश्वास और द्वेष हो आया। गुप्तचर द्वारा उसे यह भी मालूम हो गया था कि मृणाल कई बार मुंज से मिल चुकी है।

इस समय उसे ऐसा लगा जैसे गुप्त रूप से मृणाल ही मुंज को भगाने का प्रयत्न कर रही थी, और इस कारण वह यहाँ आयी है। तैलप के क्रोध की सीमा न रही—माता के समान बहन के प्रति उसका सम्मान और स्नेह लुप्त हो गया।

उसने कठोर स्वर में पूछा, "तुम यहाँ क्यों आयी हो?"

इस अनोखी रीति से तैलप को सम्बोधन करते देख, उसने भी क्रोध से ऊपर देखा। परन्तु उसके हृदय में चोर बैठा था; और इस समय तैलप को सामने देखकर तो उसके होश उड़ गये थे। कठिनता से बोली, "मुंज से मिलने के लिए।"

"इस समय तुम उससे नहीं मिल सकतीं। चली जाओ। बन्दियों से मिलने का समय यह नहीं है।"

मृणाल की प्रतिष्ठा चूर्ण हो गयी। इस अपमान से उसके नेत्रों में विष व्याप्त हो गया। मस्तक उठाकर पूछा, "क्या कह रहा है?"

"जो कह रहा हूँ, ठीक कह रहा हूँ।"

मृणाल ने देखा कि इस समय तैलप क्रोध से अंधा हो रहा है। उसने सोचा—ऐसे समय उससे वाद-विवाद करना और वह भी सैनिकों के सामने, उचित न होगा। बोली, "अच्छा, मुझसे प्रातःकाल मिलना।"

तिरस्कार से तैलप ने कहा, "अच्छा।"

मृणाल वहाँ से चली गयी। उसे अपने कर्त्तव्य पर पश्चात्ताप होने लगा। मृणाल के चले जाने पर तैलप द्वार खुलवाकर, मशालची के साथ अन्दर गया। हाथ-पैरों से जकड़ा हुआ मुंज भूमि पर पड़ा था।

तिरस्कार और क्रोध से तैलप ने पूछा, "क्यों मुंज, क्या हाल है?"

मुंज ने हँसकर उत्तर दिया "बड़ा अच्छा, बड़ा आनन्द।"

"अवन्तिका भाग जाना चाहता था, क्यों?"

"इसमें तुम्हारी आज्ञा की आवश्यकता न थी।"

"तब रह क्यों गया?"

"मुझे किसी ने रोका नहीं, अपनी ही इच्छा से रह गया। रह जाने के लिए ही मुझे यह मार्ग चुनना पड़ा।"

तैलप समझ न सका। क्रोध से कहा, "अच्छा, पापी! अब तेरा घट भर गया है। तुझे हाथी के पैरों से कुचलवाता हूँ। देख तो।"

मुंज के मुख पर तिरस्कारपूर्ण हास्य छा गया। बोला, "इस धमकी को सुन-सुनकर तो मैं अकुला गया हूँ।"

तैलप ने सोचा कि सैनिकों के सामने अधिक वार्त्तालाप करना प्रतिष्ठा की बात नहीं है। इसलिए उसने संक्षेप में ही कहा, "अब बहुत देर तक आकुल नहीं रहेगा। सैनिको! इस पापी की भली-भाँति देख-भाल करना, अन्यथा तुम्हारी मौत ही आ जायगी।" इतना कहकर वह जाने के लिए लौटा।

मुंज का हास्यपूर्ण स्वर सुनाई पड़ा, "वध भले ही करा देना; पर वही करना, जो मेरे मस्तक को शोभा दे।"

षड्यन्त्रकारियों की खोज

अपराधी को पकड़ने के लिए बेचैन हुआ कुमार सुरंग में उन्मत्त होकर दौड़ा। उसे नष्ट कर देने की लालसा से उसकी नस-नस काँप रही थी।

थोड़ी देर में हवा बहने लगी। मशाल की ज्वाला नाच उठी। सुरंग का द्वार आ गया, जोकि महासामन्त के उद्यान में खुलता था। उससे निकलते हुए कुमार को कोई भी दिखाई नहीं पड़ा।

कुमार ने देखा कि मशाल के कारण वह तो सबको दिखाई दे सकता है; पर प्रकाश की चकाचौंध से दूसरा आदमी उसे नहीं दिखलाई पड़ता; इसलिए उसने मशाल को बुझवा दिया।

इतने में सुरंग से होकर आठ-दस सैनिक और आ गये, उसने उनको भिन्न-भिन्न दिशाओं में खोज करने के लिए भेजा। स्वयं महासामन्त के महल की ओर गया।

चबूतरे पर लक्ष्मीदेवी खड़ी थी। कुमार वहाँ खड़ा रह गया।

"देवी; इस ओर से किसी को भागते हुए देखा है?"

अस्पष्ट तिरस्कार से लक्ष्मीदेवी ने कहा, "कौन, कुमार? तुम यहाँ कैसे आये?"

"किसी को जाते हुए देखा है? कुछ दुष्टों ने आज बड़ा अनर्थ करना चाहा था। वे अभी-अभी निकलकर भागे हैं।"

लक्ष्मीदेवी ने निर्दोष भाव से प्रश्न किया, "कौन? जो अभी तुम्हारे निकट खड़े थे?"

"नहीं, वे नहीं, दूसरे थे।"

एक सैनिक ने पुकारा, "महाराज, महाराज! कोई यह जा रहा है!"

अकलंकचरित सिंह की तरह उछलकर दौड़ा। अंधकार में उसने कुछ दूर किसी को महादेव के मन्दिर की ओर जाते हुए देखा। उसके कन्धे पर कुछ रखा हुआ प्रतीत हो रहा था।

उसके पैरों से कोई कुचल गया। एक चीख सुनाई पड़ी। अकलंकचरित रुका और देखने लगा। स्वर उसे परिचित-सा मालूम हुआ। उसने चौंककर पूछा, "कौन, नरसिंह?"

पृथ्वी पर पड़े सैनिक ने रुँधे स्वर में कहा, "हाँ, महाराज! भाग गया, वह विलास को लेकर भाग गया—उस मन्दिर में—आह—मुझे मार डाला—आह!"

सैनिक के अन्तिम शब्द सुनने के लिए कुमार खड़ा नहीं रहा। उसके कुछ ही शब्दों से वह बहुत कुछ समझ गया था। विलास को ले जानेवाला और मुंज को छुड़ानेवाला रसनिधि ही होना चाहिए। उसे यह भी ज्ञात था कि महादेव के मन्दिर से होकर नगर के बाहर जाने का एक गुप्त मार्ग भी है। उसे विश्वास हो गया कि उसी मार्ग से रसिनिधि भागने की चेष्टा कर रहा है।

अकलंक के हाथ-पैरों में हज़ार गुना बल आ गया। कुछ ही क्षण में वह मन्दिर में जा पहुँचा। चारों ओर दृष्टि डाली; पर वहाँ कोई न था। सुरंग के द्वार का उसे पता नहीं था; परन्तु ध्यानपूर्वक देखने से उसे नन्दी टेढ़ा दीख पड़ा। उसने जोर से उसे हटाया। नन्दी को कोई इसी प्रकार खड़ा कर गया था। उसके अलग होते ही सुरंग का द्वार दीख पड़ा। द्वार में घुसते ही नीचे उतरने के लिए सीढ़ियाँ दीख पड़ीं।

बिना आगा-पीछा सोचे वह तुरन्त सुरंग में उतर गया। विलास को ले जानेवाले रसनिधि से उसे द्वेष तो पहले ही था, अब उसने राज-द्रोह का अपराध भी किया है और उसकी स्त्री को भी भगाये लिये जा रहा है! तैलप की क्रूरता, मृणाल की कठोरता और शुष्क नियमों द्वार दी गयी शिक्षा के मिश्रण से बना उसका भयंकर स्वभाव इस समय अन्य किसी भी ओर नहीं देख रहा था। उसे केवल रसनिधि के रक्त से अपने खड्ग की पिपासा शान्त करनी थी।

अन्धकार में भटकता, पराजित होता, और ठोकरें खाता हुआ वह शीघ्रता से आगे बढ़ा। चारों ओर के भीषण अन्धकार में केवल हाथ-पैरों की सहायता से मार्ग मिल रहा था।

तनिक आगे बढ़ने पर उसे कुछ स्वर सुनाई पड़े—कोई धीरे-धीरे टकराता हुआ-सा आगे बढ़ रहा था। कुमार के हर्ष का पार न रहा। वह उत्साहपूर्वक आगे बढ़ा।

एकाएक उसका शरीर दीवार से टकराया। मार्ग संकीर्ण हो गया। इतना संकीर्ण कि एक ही मनुष्य सीधा होकर जा सकता था। पीछे लौटना कठिन हो गया; परन्तु यह प्रतीत हुआ कि आगे जानेवाले मनुष्य की कठिनता और भी बढ़ जायगी। कुमार नंगी तलवार को सीधे आगे करके आगे बढ़ा।

इस संकीर्ण मार्ग में रसनिधि का कार्य कठिन हो गया। विलास मूर्च्छित हो गयी थी; और इस मार्ग में उसे कन्धे पर भी नहीं लिया जा सकता था, तिस पर भी वह उसे कभी उठाकर, कभी घसीटकर, और कभी मूर्च्छित होने पर भी, आगे धकेलकर बड़ी कठिनता से आगे बढ़ रहा था। थोड़ी देर में वह आगे बढ़ने से रुक गया। पीछे से किसी के आने का पद-रव उसे बिलकुल निकट सुनाई पड़ने लगा। उसे प्रतीत हुआ कि इसी प्रकार चलने से पीछेवाला मनुष्य उसे सरलता से अपना आखेट बना लेगा।

उसने मूर्च्छित विलास को दीवार के सहारे नीचे बैठा दिया। फिर पीछे घूमकर दृढ़ता से हाथ में खड्ग सँभाले उसने पूछा, "कौन है?"

कुमार बहुत पास आ गया था। प्रश्न सुनकर वह चौंका, दूसरे ही क्षण सावधान हुआ, और एक पग आगे बढ़कर बोला, "तेरा काल!"

"तो मैं भी उपस्थित हूँ।" कहकर रसनिधि भी आगे बढ़ा।

अगले ही पल दो तलवारें झनझना उठीं। उनसे अग्नि-स्फुलिंग निकलने लगे।

परन्तु एक-दूसरे के विनाश के लिए चली हुई तलवारें दीवार से टकरा गयीं और उनके खंड-खंड हो गये।

दोनों कुशल योद्धा थे। दोनों ने टूटी तलवारें फेंक दीं और एक-दूसरे पर टूट पड़े।

यह प्राणहारी मल्ल-युद्ध था। जहाँ एक मनुष्य कठिनाई से सीधा चल सकता था, वहाँ ये दोनों तांडव-नृत्य करने लगे। दीवार से मस्तक भिड़ते, कुहनी और घुटने छिल जाते, हड्डियों में पत्थरों की चोटें लगतीं; तो भी ये दोनों कट्टर शत्रु इस भयंकर अन्धकार में अद्भुत युद्ध कर रहे थे।

दोनों ने एक-दूसरे के प्राण लेने का निश्चय किया था—दोनों का विश्वास था कि विजय के अलावा इस संसार में रहने का अन्य साधन नहीं है।

रसनिधि का अंग मझोला था। अकलंक का लम्बा और प्रशस्त। परन्तु रसनिधि का खेल सच्चे खिलाड़ी का था। यद्यपि पहले वह कुमार के उत्साहपूर्ण युद्ध से पीछे हटा, परन्तु धीरे-धीरे उसकी कला ने उसकी सहायता की। बहुत देर तक दोनों लड़ते रहे, कोई पराजित न हुआ। कुमार जोर-जोर से हाँफ रहा था, किन्तु कुशल रसनिधि केवल अपनी रक्षा कर रहा था।

अकलंक समझ गया। श्वास चढ़ जाने से पहले ही शत्रु को यमलोक पहुँचाने का उसने बड़ा प्रयत्न किया, परन्तु सफल न हुआ। मालवी योद्धा कुशल खिलाड़ी था। थोड़ी ही देर में उसने कुमार को कोने में खदेड़ा और दूसरे ही क्षण उसकी छाती पर चढ़ बैठा।

फिर उसने एक दीर्घ श्वास लिया और कहा, ''बोल पापी! किसका काल आया?''

कुमार कुछ न बोला; मृत्यु की अपेक्षा उसे यह पराजय अधिक कष्टदायी लग रही थी।

''इच्छा होती है कि सात पीढ़ियों का बदला इसी समय ले लूँ।''

''ले ले, अब मुझे जीने या मरने की चिन्ता नहीं है।''

''नहीं, इस समय नहीं लूँगा। इस समय नहीं मारूँगा। इस प्रकार मार डालने से मेरी कीर्ति पर कलंक आ जायेगा। लोग समझ ही नहीं सकेंगे कि तेरी मृत्यु किस प्रकार हुई।''

''अकलंक ने तिरस्कार से कहा, ''समाप्त कर दे। यह है मेरा गला। घोंट दे। तुझ जैसे नपुंसक को यही शोभा देगा।''

''अकलंक! अभी अवन्तिका के परमार को नपुंसक कहने वाला पृथ्वी पर कोई उत्पन्न नहीं हुआ। अपना अभिमान त्याग दे। यदि तू मान्यखेट का युवराज है, तो मैं अवन्तिका का युवराज हूँ।''

''कौन, भोज?''

"हाँ, भोज! मैं तुझे मारूँगा, तो युद्ध ही में मारूँगा, इस प्रकार एकान्त अन्धकार में नहीं। जा, मैं तुझे मुक्त करता हूँ; परन्तु एक शर्त है।"

"क्या?"

"किसी भी तरह की गड़बड़ी किये बिना जिस रास्ते आया है, उसी से लौट जाना होगा।"

"इस शर्त की क्या आवश्यकता है? दूसरा मार्ग ही कौन-सा है? बाहर के मार्ग पर तो तुम्हारे साथी खड़े होंगे।"

"और यदि पीछा किया?"

कुमार एक क्षण के लिए मौन हो गया। उसने निश्चय कर लिया कि पुनः युद्ध करना निरर्थक है।

"नहीं करूँगा।"

"वचन दे रहे हो?"

"अवश्य।"

"अच्छा।" कहकर भोज ने उसे छोड़ दिया। धूल झाड़ता हुआ अकलंक उठ खड़ा हुआ।

"जाओ।"

"जा रहा हूँ।" कहकर अकलंक आगे बढ़ा; किन्तु ऐसा प्रतीत हुआ कि वह नीचे झुककर किसी चीज़ को खोज रहा है।

भोज ने हँसकर पूछा, "क्या अपनी विजय-स्मृति में तलवार के टुकड़े लिये जाते हो?"

कुमार ने उत्तर नहीं दिया। तनिक आगे बढ़ने पर ऐसा लगा कि वह किसी चीज से टकराकर गिर पड़ा है। कुछ देर तक वह पृथ्वी पर पड़ा रहा।

भोज को सन्देह हुआ, "क्यों, उठ गये, या मैं आऊँ?"

अकलंक ने उत्तर नहीं दिया। थोड़ी देर में वह उठा, और दौड़ता हुआ चला गया।

उसके दौड़ने का पद-रव जब क्षीण हो गया, तो भोज दृष्टि नीची करके विलास को खोजने लगा। तभी उसे लगा कि जहाँ विलास को सुलाया था, उस स्थान से वह और कुमार युद्ध करते-करते बहुत आगे बढ़ गये थे। पीछे लौटकर उसने हाथ से टटोलते हुए खोज़ना आरम्भ किया। युद्ध की थकान से उसका सिर घूम रहा था, इसलिए यह खोज दुस्तर-सी हो गयी थी। थोड़ी देर में विलास के पैर उसके हाथ में आ गये। उसने तुरन्त उसकी कमर में हाथ डालकर उसे उठा लिया और तेजी से चलने लगा।

"विलास। प्रिये! आखिर उस राक्षस के पंजे से छूट ही गयीं।"

विलास की दशा

भोज बीस-पच्चीस कदम आगे बढ़ा होगा कि उसका मस्तक स्थिर हो गया, उसे चेतना-सी हो आयी।

वह चौंक पड़ा। विलास उसे हल्की मालूम हुई। होंठ चबाकर उसने स्वस्थ होने का प्रयत्न किया।

उसका हृदय धक-धक करने लगा। उसका दाहिना हाथ विलास की पीठ के नीचे था। उसमें से पानी-सा निकलता हुआ प्रतीत हुआ। पानी—रक्त—इतना अधिक! भोज का हृदय थम गया, पैर काँपने लगे, वह खड़ा हो गया।

उसने बड़ी कठिनता से विलास को सीधा किया। जहाँ से रक्त बह रहा था, उसी क्षत स्थान को देखने के लिए उसने हाथ बढ़ाया और जोर से चीखकर सारी सुरंग को गुँजा दिया।

विलास के कन्धे के ऊपर का भाग था ही नहीं!

जहाँ विलास का मस्तक होना चाहिए था, वहाँ से गरम-गरम रुधिर बह रहा था।

भोज को ज्ञात हुआ—उसके हाथ में केवल विलास का धड़ ही है।

उसका रोम-रोम काँप उठा। हाथों से छूटकर धड़ पृथ्वी पर गिर पड़ा।

वह दिग्मूढ़ होकर खड़ा रह गया। उसके हृदय में एक अनिर्वचनीय शोक छा गया। वह रुधिर से सना हुआ हाथ मस्तक पर रखकर रो पड़ा।

इसी समय सामने से किसी के दौड़कर आने का पद-रव सुनाई पड़ा और मशाल का प्रकाश भी पास आता दिखाई दिया। थोड़ी देर में मशाल लिये धनंजय पास आता दिखाई दिया। उसके पीछे और भी कुछ कवि थे। भोज के आने में विलम्ब हो जाने के कारण उसे खोजने के लिए वे लौटे थे।

"महाराज! महाराज!"

धनंजय और निकट आया और किसी का रुदन-स्वर सुनकर ठहर गया; तनिक आगे बढ़ा और चिल्ला उठा—"अरे बाप रे!" उसके हाथ से मशाल गिर पड़ी।

उसके सम्मुख रुधिर से सनी छाया-सी खड़ी हुई थी—नीचे पड़े शव से रुधिर की धारा बह रही थी।

धनंजय साहसी था। जहाँ मानुषी साहस की आवश्यकता थी, वहाँ उसे प्रतीत हुआ कि साक्षात भैरव-मूर्ति उसके समक्ष खड़ी है।

परन्तु भोज ने उसे पहचान लिया—"धनंजय! धनंजय! भाई..."

धनंजय को चेत और साहस आते ही उसने मशाल ऊँची की।

"कौन, युवराज? क्या बात है?"

"धनंजय! यह देखा? किसी प्रकार भोज ने ये शब्द मुख से निकाले और विलास के धड़ की ओर संकेत किया।

"क्या है?"

"विलास का धड़!"

"परन्तु महाराज कहाँ हैं?"

"वे कारागृह में हैं। जैसे ही मैं तलगृह में पहुँचा कि अकलंकचरित और उसके सैनिक द्वार खोलकर टूट पड़े। महाराज पकड़े गये। मैं पत्थर लगाकर लौटा। अकलंक ने मेरा पीछा किया। वह दम लेने के लिए रुका..."

"फिर?"

"मैं तुरन्त ही लक्ष्मीदेवी के प्रकोष्ठ से विलास को लेकर भाग पड़ा। यह मूर्च्छित हो गयी थी। इसे उठाकर मैंने मन्दिर की सुरंग में प्रवेश किया।

"अकलंक मेरे पीछे ही लगा था—इस सुरंग में हमारा द्वन्द्व युद्ध हुआ। मैं जीता। मैंने उसे मुक्त कर दिया। उसने धोखा न देने का वचन दिया। पापी चला तो गया; परन्तु जाते-जाते विलास का मस्तक काटकर ले गया!"

"हैं!" धनंजय और पीछे खड़े हुए अन्य कविगण चकित रह गये।

"अब मेरी समझ में आया। वह दुष्ट जब विलास के अचेत शरीर से टकराया, तभी उसने ऐसा किया।" कहकर उसने मशाल उठाई और पीछे लौटा।

थोड़े ही आगे बढ़ने पर उन्हें युद्ध-स्थल मिल गया; परन्तु वहाँ दो तलवारों में से एक ही तलवार का मूठाग्र और दो तलवारों के अग्रभाग पड़े थे। एक कोने में— जहाँ उसने अचेत विलास को बैठाया था, वहाँ रुधिर का डबरा भरा हुआ था।

सबके सब शोकमग्न पीछे पलटे। विलास का धड़ उठाया और तुरन्त ही सुरंग से बाहर आ गये।

बाहर आकर सब घोड़ों पर सवार हुए और शीघ्रता से बढ़ते हुए गोदावरी के समीप आ पहुँचे।

गोदावरी-तट पर चिता तैयार करके भोज ने विलास के धड़ का अग्नि-संस्कार किया। उसके रोम-रोम में अग्नि-सी व्याप्त हो गयी। जैसे ही अग्नि-ज्वालाओं ने विलास के शरीर का स्पर्श किया, वैसे ही वह मन-ही-मन बोल उठा—"याद रहे। इसके रुधिर की एक-एक बूँद का हिसाब लूँगा!"

दूसरे ही क्षण उसे विलास का स्मरण हो आया। उस निर्दोष काव्य-रसिका का म्लान, परन्तु मनोहर वदन दृष्टि के सम्मुख आ खड़ा हुआ। उसका हृदय भर आया और वह फूट-फूटकर रोने लगा।

धनंजय ने पूछा, "युवराज, अब क्या करना चाहिए?"

"क्या करना चाहिए? अवन्तिका चलना चाहिए।"

"परन्तु महाराज का क्या होगा?"

दुखितावस्था में भोज ने सिर हिलाया, "कुछ नहीं। रुद्रादित्य का जो वचन था,

वह सत्य हुआ। मुंज एक ही बार गोदावरी लाँघेंगे, दूसरी बार नहीं। उनकी मृत्यु मान्यखेट में ही होगी।''

''वहाँ का समाचार तो ज्ञात करना चाहिए। एक काम किया जाय—गोदावरी लाँघकर गुप्त-वेश में दो-चार दिन रहकर कुछ पता लगाएँ।''

विलास की अस्थियों का गोदावरी में विसर्जन करके, गोदावरी लाँघकर, वे निकटवर्ती गाँव की ओर चले।

यह गाँव अनेक मार्गों के मुहाने पर था। वहाँ पहुँचकर वे लोग अपनी थकान भी न मिटा पाये थे कि गोदावरी के उस पार दो-तीन सौ सैनिकों की एक टुकड़ी आतीं दिखलाई पड़ी।

भोज, और उसके मालवी योद्धाओं ने उसे देखा, और उनके होश उड़ गये। समझा कि तैलप ने उन्हें पकड़ने के लिए ही इस टुकड़ी को भेजा है। परन्तु जैसे ही वह नदी-तट पर पहुँचे कि धनंजय ने आगे आते हुए योद्धा को पहचान लिया—''महासामन्त!''

भोज ने कहा—''लक्ष्मीदेवी!''

सब लोग देखते रहे। सामने से आते हुए समूह के आगे दो घोड़ों पर लक्ष्मीदेवी और महासामन्त थे!

परन्तु दृश्य विकराल था। महासामन्त के एक हाथ में परशु था, और दूसरे में एक महान खड्ग। उनके मुख पर रक्तस्नात घाव थे। उनका अश्व भी रुधिर से लथपथ हो रहा था।

लक्ष्मीदेवी का रूप चंडिका के समान भयंकर था। उनके एक हाथ में रक्त से लाल हुई तलवार थी। शरीर पर धूल जमी थी और रुधिर बह रहा था। घोड़े की जीन से एक कटा हुआ मस्तक बँधा हुआ था। जैसा इन दोनों का हाल था, वैसा ही उनके सैनिकों का भी था। प्रत्येक के हाथ में खुले शस्त्र थे, प्रत्येक का वक्ष रक्त से रँगा हुआ था। प्रत्येक की मुख-मुद्रा भयावनी थी।

भोज बोला, ''धनंजय! ये हमें पकड़ने के लिए नहीं आ रहे—लगता है—ये युद्ध से लौटकर आ रहे हैं।''

इतने में महासामन्त ने 'जय स्यूनेश्वर!' कहकर घोड़े को नदी में उतारा। उनके पीछे लक्ष्मीदेवी ने और सब अनुचरों ने भी यही किया।

इस ओर भोज और उसके अश्वारोही सोच रहे थे कि यहाँ ठहरा जाय, या घोड़ों पर बैठकर आगे बढ़ा जाय। यह सोचते हुए वे अभी नदी की ओर देख ही रहे थे कि महासामन्त नदी पार करके आ पहुँचे। भोज को उन्होंने पहचान लिया। बोले, ''रसनिधि!''

''महासामन्त! आप यहाँ कैसे?'' कहकर उसने अपना घोड़ा महासामन्त के घोड़े के निकट लगा लिया।

"मैं स्पून-देश जा रहा हूँ"

इसी समय लक्ष्मीदेवी भी नदी को पार करके वहाँ आ पहुँची।

"भोजराज! अब ये महासामन्त नहीं; स्यूनदेश के महाराजाधिराज भील्लमराज हैं..."

लक्ष्मीदेवी के नेत्र लाल और विस्फारित थे। होंठ दबे हुए, अंग-अंग में उन्माद और क्रोध व्याप्त हो रहा था। रसनिधि उसकी यह भयंकर मूर्ति देखता रहा, और उसकी दृष्टि लक्ष्मीदेवी के घोड़े की जीन पर लटके हुए मस्तक पर पड़ी।

विकराल लक्ष्मीदेवी ने भयंकर हास्य करते हुए चोटी पकड़कर उस मस्तक को ऊँचा उठाया।

"और यह स्यूनाधिप का विजय-ध्वज है।" यह कहकर लक्ष्मीदेवी अट्टहास करने लगी—जैसे श्मशान का कोई प्रेत हँस रहा हो।

भोज ने वह मस्तक देखा—पहचाना। उस पर विलास के मुख की छाप थी।

उसका रोम-रोम खड़ा हो गया। वह काँप उठा। उसके नेत्रों के सम्मुख अन्धकार छा गया और वह अचेत होकर घोड़े से गिर पड़ा।

लक्ष्मीदेवी ने तैलंगण क्यों छोड़ा?

अकलंकचरित के गर्विष्ठ स्वभाव पर बड़ा गहरा आघात हुआ था। इस समय वह पराजय से निराश हो रहा था, तो भी उसके हृदय में हलाहल व्याप्त था।

इतने में ही उसने ठोकर खाई और गिरने पर टूटी हुई तलवार का अर्ध-भाग हाथ लगा। उसे लेकर वह जैसे ही कुछ पग आगे बढ़ा कि उसने फिर ठोकर खाई और अचेत पड़ी हुई विलास के ऊपर गिर पड़ा।

पराजय का अपमान वह सह सकता था; परन्तु भोज का विलास को ले जाना कभी नहीं सह सकता था। बदला लेने की भीषण आकांक्षा से उसके हृदय में एक घातक विचार उत्पन्न हुआ और उसी क्षण वह उसे व्यवहार में ले आया। तलवार के अर्द्ध-भाग से उसने विलास का मस्तक काटा और हाथ में उठा लिया।

यह घोर कर्म करके वह तेजी से आगे बढ़ा। उसके हृदय का भार हलका हो गया था—एक ही आघात से वह पापी भोज और कृतघ्न विलास को दंडित कर सका।

कुछ आगे जाने पर उसकी खोज में मशाल लेकर निकले हुए सैनिक मिले। विलास का सिर हाथ में लिये रक्तरंजित कुमार को देखकर वे चौंककर रुक गये।

उनके कठोर हृदय भी थरथर काँपने लगे।

कुमार ने कहा, "लौट चलो।"

आज्ञा मानकर सैनिक पीछे लौटे और धीरे-धीरे मन्दिर में आ पहुँचे। वहाँ तैलप

और भील्लम कुछ योद्धाओं के साथ कुमार की प्रतीक्षा कर रहे थे। कुमार को रुधिर से सना हुआ मस्तक लाते देख, घबराकर सब पीछे हट गये।

तैलप ने भँवें चढ़ाकर पूछा, "यह क्या है?"

"यह..." कहकर अकलंक ने मस्तक ऊँचा किया और कहा, "जो पापिनी मुझे त्यागकर भोज के साथ जा रही थी, यह उसी का मस्तक है।"

नेत्र विस्फारित करके भील्लम ने पूछा, "विलास...?"

क्रूर-हृदय कुमार ने क्रूरतापूर्ण हास्य करते हुए कहा, "हाँ। तैलंगण की भावी सम्राज्ञी! अपने चाचा को भगा ले जाने में भोज सफल न हुआ, तो इसे लिये जा रहा था। मैंने उसे पकड़ने का प्रयत्न किया; परन्तु उलटे उसने मुझे पकड़कर पराजित किया, और छोड़ दिया। लौटते समय मैं इसका मस्तक काटकर ले आया।"

मृणालवती की आवाज़ सुनाई दी, "किसका मस्तक?" जक्कलादेवी, लक्ष्मी और कुछ सैनिकों के साथ वह भी यहाँ आ पहुँची थी

"विलास का!" कहकर मशाल के प्रकाश में उसने उसे ऊँचा करके दिखाया। विलास का मुख भयानक निश्चलता से सबके सामने था।

क्षण-भर के लिए भीषण शान्ति छा गयी।

स्यूनराज होंठ से होंठ दबाकर, अन्धकारपूर्ण हृदय लिये हुए मूढ़ की भाँति नेत्र फाड़े देख रहा था। उसकी विचारशक्ति नष्ट हो गयी थी।

मशालों के प्रकाशपूर्ण वर्तुल में तभी कोई कूदा और और अकलंक के हाथ से विलास का मस्तक छीन ले गया।

अगले ही क्षण लक्ष्मीदेवी का स्वर सुनाई दिया, "मेरी विलास!"

उसने मस्तक को ऊपर उठाया और धीरे से विलास का निर्दोष मुख, सुकोमल मुख-रेखा, और सुन्दर नयनों की निर्जीव निश्चलता देखी। सभी उसे निश्चल भाव से देखते रहे—बीच में बोलने का किसी को साहस न हुआ।

लक्ष्मीदेवी इस समय महिषासुर-मर्दिनी की भाँति प्रतीत हो रही थी। विस्फारित नेत्रों से अग्निवर्षा होने लगी। मुख पर विश्व-संहारक कोप का दुस्सह प्रताप दीखने लगा। शव के समान श्वेत, वह केवल शरीर से फूट रही क्रोधाग्नि से सबको जला रही थी।

तुरन्त ही उसने कुमार से पूछा, "मेरी पुत्री की हत्या तूने की है?"

कुमार शीघ्र ही उत्तर न दे सका।

आती हुई आँधी को रोकने की नीयत से तैलप बोला, "अच्छा, अब चलो।"

लक्ष्मीदेवी बीच में ही गरज उठी, "भील्लमराज! देखा? अकलंकचरित की पद-रज अपने मस्तक पर चढ़ाओ कि जिसने तुम्हारी एकमात्र कन्या की यह दशा की!" नेत्र फाड़े वह अपने पति को देखने लगी। बेचारा वह योद्धा अभी भी दिग्मूढ़ खड़ा देख रहा था। आवेश में भरकर वह उसके ठीक सामने जा खड़ी हुई—"धिक्कार

है, तुम जैसे नपुंसक को! क्या तुम्हारे हाथ टूट गये हैं? अपने आयुध कहाँ बेच आये? इस पिशाच ने तुम्हारी एकमात्र कन्या का शिरच्छेद किया, और तुममें इसका शिरच्छेद करने का बल नहीं? क्या देख रहे हो? देखते क्या हो।'' उसके स्वर में, अनिवार्य तिरस्कार और क्रोध सन्निविष्ट था।

भील्लम के ललाट पर बल पड़ गये; परन्तु वह कुछ बोल न सका, केवल लक्ष्मीदेवी के मुख की ओर देखता रहा।

सदा की टेव से मृणालवती ने सत्तावाही स्वर में कहा, ''लक्ष्मी! क्या बक रही है? तनिक चेत में आ।''

''चेत! चेत!'' लक्ष्मीदेवी के उन्मादपूर्ण आवेश से मृणाल भी स्तब्ध हो उठी। लक्ष्मी ने आगे कहा, ''मेरी पुत्री ने क्या अपराध किया था? मुंज के साथ मालवे को भाग जाने के लिए तो तुम भी तैयार थीं! लेकिन तुम्हारा मस्तक धड़ पर है; कारण, कि तुम तैलपराज की बहन हो; और इसका मस्तक धड़ पर नहीं है; कारण, कि यह स्यून-देश के दरिद्र और कायर राजा की कुमारी है, क्यों?''

लक्ष्मीदेवी की इस बात से सब चौंक पड़े, जैसे बिजली गिर पड़ी हो। सभी एक-दूसरे के मुँह की ओर देखने लगे। तैलप सचेत हो उठा। उसने सोचा कि सैनिकों के सामने यह फजीहत अच्छी नहीं। भील्लम से बोला, ''महासामन्त, लक्ष्मीदेवी को ले जाओ।''

''कहाँ?'' एक पैर आगे बढ़कर, उन्मादिनी की तरह लक्ष्मीदेवी तैलप के सामने आँखें फाड़कर उच्च स्वर में बोली, ''भील्लमराज! ले चलो मुझे—हाँ, अपने स्यूनदेश। अब इस स्थान का अन्न-जल भी विष के समान है। परन्तु तुम क्या करोगे? तुम तो सेवक हो, हाथों में चूड़ियाँ पहने हो, नपुंसकों की मंडली में बैठे हो। तुम क्या ले जा सकोगे? में स्वयं जाऊँगी। मैं चालुक्य महाराजाओं की बेटी हूँ। सहस्र-सहस्र वीरांगनाओं का उन्मत्त रक्त मेरी धमनियों में भरा है। मैं अकेली पर्याप्त हूँ उसका रक्त-पान करने के लिए, जिसने मेरी कन्या का वध किया, मेरे देश को डुबाया।'' वह अकलंक की ओर घूमी, ''नरपिशाच! चांडाल! मैं तेरा रक्त-पान करके छोड़ूँगी।''

भील्लम के नेत्रों में भयंकर तेज उतर आया, साथ ही बोलने की शक्ति भी—''देवी! अभी तो चलो।''

लक्ष्मी ने सत्तापूर्ण स्वर में कहा, ''हाँ, चलो, स्यूनदेश। इस पाप-भूमि पर क्षण-भर भी नहीं रहना चाहिए।''

जरा आगे बढ़कर तैलप बोला, ''भील्लम! इसको ले जाते हो, या नहीं?''

धीरे से भील्लम आगे बढ़ा और लक्ष्मीदेवी तथा तैलप के बीच खड़े होकर उसने कहा, ''सावधान!'' उसका प्रचंड शरीर स्वस्थ और शान्त था, स्वर भर्राया हुआ, परंतु भयंकर। ''देवी, सत्य कह रही हो। चलो अपने देश।'' कहकर उसने लक्ष्मीदेवी का हाथ पकड़ा और उसे खींचकर आगे बढ़ने लगा।

इतने में उसकी दृष्टि भूमि पर खड़े शंख पर गयी। उसने उसे उठा लिया और अपने सैनिकों को बुलाने के लिए फूँका।

तैलप इस घोष का अर्थ समझ गया। क्रोधावेश में आगे बढ़कर बोला, ''भील्लम! यह क्या कर रहे हो? क्या तुम्हें भी उन्माद हो गया है?''

भील्लम तैलप से एक हाथ ऊँचा था। उसने अपना दृढ़ पंजा तैलप के सिर पर रख दिया।

''क्या?'' तैलप दो कदम पीछे हट गया और होंठ चबाकर बोला, ''अभी मान्यखेट नहीं छोड़ा जा सकता।''

''देखता हूँ कौन रोकता है?'' कहकर भील्लम शंखघोष सुनकर आये सैनिकों की ओर घूमा, ''घोड़े लाओ, हमें स्यूनदेश जाना है।'' कहकर वह लक्ष्मीदेवी को लेकर चल दिया। बीच में आने का साहस किसी को न हुआ। कारण, भील्लम का बाहुबल जगत्-प्रसिद्ध था। थोड़ी देर तक सब चित्रवत् खड़े रह गये।

तैलप ने कहा, ''अकलंक! राजदुर्ग और नगर-द्वार बन्द करा दो।''

उत्तर में स्यूनराज का शंख दूर से सुनाई पड़ा और महल में योद्धाओं की भगदड़ मच गयी।

देखते-देखते स्यूनराज के सब योद्धा सुसज्जित हो गये। लक्ष्मीदेवी की भयंकर मुख-मुद्रा और विलास के विजय-ध्वज रूपी मस्तक से उनके रोम-रोम में उन्माद छा गया। पल झपकते ही वे घोड़े पर चढ़े और शंख का विजयी घोष करते हुए आगे बढ़े। अकलंक ने अपने अनेक योद्धाओं को उन्हें रोकने के लिए भेजा।

स्यूनराज उन्मत्त होकर अपने योद्धाओं-सहित आगे बढ़े और मान्यखेट के नगर-द्वार पर घमासान मच गया।

भील्लमराज और लक्ष्मीदेवी ने जैसे प्रलय मचा दी। उनके सैनिकों ने शौर्य-सीमा पर पहुँचकर लहू की नदी बहा दी। उसी नदी को पार करके वह छोटी-सी सेना मान्यखेट से आगे बढ़ी और गोदावरी को लाँघकर भोज के साथ जा मिली।

भिक्षा

मृणालवती इस समय क्षुद्र से क्षुद्र प्राणी जैसी अधमता और अप्रतिष्ठा का अनुभव कर रही थी। उसकी आकांक्षा पूर्ण न हुई। इतना ही नहीं, मुंज सदा के लिए उसके हाथ से निकल गया और सम्भव है, उसे अपने प्राणों से भी हाथ धोना पड़े। इसके अतिरिक्त सारे संसार में उसकी निन्दा हुई, और वैराग्याडम्बर से उसे जो सम्मान, सत्ता और शान्ति प्राप्त हुई थी, उन सबका नाश हो गया। अन्त में लक्ष्मीदेवी ने एक ही वाक्य से सारे जीवन का बदला ले लिया, और वह इस अधोगति को प्राप्त हो गयी

कि तैलगंण के कौए और कुत्ते भी उसकी ओर दृष्टि उठाकर नहीं देखेंगे। सुख गया, प्रेम गया, वैराग्य गया, मान गया, सत्ता गयी; तो भी वसुन्धरा ने अपने हृदय में स्थान नहीं दिया, यम ने प्राण नहीं लिये।

अपने विश्रान्ति-कक्ष में जाकर वह मौन मुख बैठ गयी। न वह स्वस्थ रह सकी, न रुदन कर सकी और न कोई मार्ग ही निश्चित कर सकी। रस-विलास की लालसा, सत्ता की आकांक्षा और वैराग्य का मोह, यह तीनों उसे दूर से प्रणाम करने लगे; जैसे वैतरणी पार करके जा रहे हों। उसकी आँखें भर आयीं, चुपचाप बिस्तर पर लेट गयी—न उनको बुला सकी और न उनके पीछे वैतरणी पार कर सकी।

मृत्यु की इच्छा हुई; परन्तु यमराज को निमन्त्रण देने का साहस न हुआ। तो भी तैलप की अपेक्षा उसे यमराज की शरण लेना ही अधिक पसन्द था।

इसी समय तैलप के आने का पद-रव सुनाई पड़ा तो वह काँप-सी गयी; जैसे—प्याले में कुछ विष अभी और शेष रह गया हो। उसमें स्वस्थ होने की शक्ति न थी—भेंट करने का आत्माभिमान न था। ज्यों-की-त्यों गिरी हुई दीवार के मलबे की तरह पड़ी रही।

तैलप आया। मृणाल की विषयासक्ति की उसने सब बातें मालूम कर ली थीं। समय-समय पर मुंज के साथ उसका मिलन, अकलंक से कहा हुआ समाचार और लक्ष्मीदेवी का व्यंग्य—इन सबसे उसे विश्वास हो गया था कि मृणालवती ने ही विषय-लालसा में पड़कर मुंज को छुड़ाने का कपट-जाल खड़ा किया था। इस विचार से उसकी व्याकुलता का पार न रहा। मृणाल वैराग्य त्यागकर विषय-वासना में लिप्त हो जाय, मुंज को भगाने में सम्मिलित हो; अपराधी भाग जायें, जाते-जाते अकलंक को पराजित कर जायें, भील्लम जैसा शूरवीर योद्धा उसे छोड़कर स्वातन्त्र्य का झंडा फहराये—तले-ऊपर के इन सब आघातों से वह व्याकुल हो उठा। क्षण-भर में मृणाल की बुद्धि और भील्लम की भुजाओं का सहारा जाता रहा, और अब भील्लम तथा भोज जैसे प्रतापी शत्रु उत्पन्न हो गये। मृणाल के स्खलन का कलंक भी उसके सिर लगा। इन सब बातों से वह घबरा उठा। विजय-शिखर से, इस गहरे खंदक में गिरना, उस बेचारे के लिए दुःसह हो जाय, तो इसमें आश्चर्य की बात ही क्या है।

परन्तु इस अकुलता या घबराहट से निकलने और इस टूटे हुए दुर्ग को फिर से बनाने की उसमें शक्ति न थी। इस समय वह क्रोध और द्वेष का दास बन गया था—और इन दोनों का केन्द्र-स्थान मुंज तथा मृणाल को बनना पड़ा।

वह आया, और थोड़ी देर निःशब्द तिरस्कार के साथ मृणाल को देखता रहा। उसके छोटे-छोटे नेत्रों में अनिर्वचनीय द्वेष था; होंठों पर भयंकर तिरस्कार। हृदय इस द्वेष और तिरस्कार से किसी को भस्म करने के लिए छटपटा रहा था।

उसने क्रूर और शान्त स्वर में कहा, "क्यों तैलंगण की राजमाता! अवन्तिका कितनी दूर है?"

व्याध द्वारा घेरी हुई हरिणी के-से निराशापूर्ण नेत्रों से मृणाल देखती रही। उसे सूझ न पड़ा कि क्या उत्तर दे। तैलप ने आगे कहा–

"कुलांगार! इससे तो जन्म लेते ही मर जाना भला था। निष्कलंक तपस्विनी!" कहकर तैलप खिलखिलाकर हँस पड़ा। फिर कहा, "क्या तुम्हारा वैराग्य और क्या तुम्हारी नीति! ऐसा करके तो तैलंगण की वीरांगनाएँ भी लज्जा से मर जातीं!"

मृणाल ने ऊपर देखा। उसके स्फीत नेत्रों में निराशा झलक रही थी। वह तैलप के शब्दों का अर्थ समझने का प्रयत्न करने लगी।

तैलप तिरस्कार से हँसकर पुनः बोला, "तैलंगण में तुम्हें और कोई न मिला कि मुंज पर मोहित हो गयी?" तैलप के इन शब्दों में तलवार की-सी धार थी, और वह कसाई के समान क्रूरता से मृणाल पर आघात कर रहा था।

जिस प्रकार मरता हुआ प्राणी भी व्यर्थ ही किये हुए प्रहार की क्रूरता से क्रोध को शान्त नहीं कर सकता, उसी प्रकार असहाय अवस्था से उन्मादिनी बनी हुई मृणाल में भी क्रोधांकुर प्रस्फुटित हो गये। उसने सर्वस्व त्याग दिया था; परंतु मुंज के प्रति उसका मोह ज्यों-का-त्यों बना हुआ था। अपने प्रति दुर्व्यवहार की उसे परवाह न थी; परंतु मुंज–उसके हृदय में रमी हुई एकमात्र मूर्ति–का तनिक-सा अपमान भी उसे शूल-सा प्रतीत हुआ। वह तैलप को देखती रही और क्षणभर ठहरकर बोली–

"तैलंगण ही क्या, सारे संसार में उसकी जोड़ का मनुष्य कोई बता सकता है?"

तैलप के नेत्र भयंकर हो गये। होंठ थरथराने लगे। क्रोध और द्वेष पर छाये हुए तिरस्कार का आवरण हो गया। नेत्र विस्फारित करके पूछा–

"निर्लज्जे! मेरे सामने भी यह कहते लाज नहीं आती?"

मृणाल ने खिन्नता से कहा, "लाज, लाज किस बात की?"

उसका प्रभावशाली स्वभाव धीरे-धीरे अपना साम्राज्य स्थापित करने लगा। उसने फिर कहा, "तूने नहीं समझा मेरे वैराग्य और मोह को? मुंज की हँसी उड़ाता है? मूर्ख! तुझ जैसे दस हजार तैलप एकत्र हो जाएँ, तो भी उसे नहीं लग सकते।" कहकर तैलप के सामने वह तनकर खड़ी हो गयी।

"धन्य हो तपस्विनी! धन्य हो तैलगंण की राजमाता! तुम्हारे मुख से ये शब्द कैसे शोभा दे रहे हैं!"

"शोभा दें, या न दें; मुझे इसकी परवाह नहीं। मेरे हाथ अब नीचे गिर गये हैं। अपना जीवन मैंने अपने हाथों नष्ट कर डाला है। मेरी मृत्यु पर कोई ठण्डी साँस लेनेवाला नहीं है। एक समय मैं उग्र तपस्विनी थी, तैलंगण की राज्यविधात्री; और इस समय सब मुझे कुलटा कहकर पुकारेंगे–मेरे नाम पर थूकेंगे..."

मृणाल ने एक दीर्घ निःश्वास लिया। तैलप हँस पड़ा।

"...तो भी तापसी बनकर मैं जितना गर्व करती थी, तेरी बहन और राज्य की

विधात्री होकर जितना गर्व करती थी—उतना ही गर्व—उससे अधिक गर्व पृथ्वीवल्लभ की वल्लभा होकर करती हूँ।"

"हाः-हाः-हाः!" तैलप खिलखिलाकर हँस पड़ा, "तब तू भी देख ले। मैंने तुझे अभी तक माता के समान—अपने देवता के समान—माना है। अब मैं तुझे भी पूरा-पूरा स्वाद चखाऊँगा।"

मृणाल ने दुःखपूर्ण स्वर में कहा, "तू क्या स्वाद चखाएगा? मुझ अभागिनी को तो विधि ने ही स्वाद चखाने में कोई कोर-कसर नहीं छोड़ी।"

"पहले तेरे पृथ्वीवल्लभ को स्वाद चखाता हूँ, और फिर तुझे।"

"वह तो सदा सुख का ही स्वाद चखता है। उसका तू क्या कर लेगा?"

"अभी तुझे मेरे प्रताप का पता नहीं है।"

इस बार मृणाल को हँसने का अवसर मिला। वह हँस पड़ी।

तैलप तनिक क्षुब्ध-सा हो गया। वह चुपचाप खिड़की के पास गया और उसे खोलकर बोला, "देख..."

मृणाल ने देखा। नीचे गली में एक घर के सामने मुंज खड़ा है। उसके हाथों में और पैरों में बेड़ियाँ पड़ी हैं। हाथ में भिक्षा-पात्र। उसके पीछे-पीछे दो खड्गधारी सैनिक चल रहे थे।

"तेरा पृथ्वीवल्लभ सात दिन तक घर-घर भीख माँगकर खाएगा, और पश्चात..."

श्वास रोककर मृणाल ने पूछा, "पश्चात?"

"पश्चात—जहाँ तू उससे न मिल सकेगी—उस यमलोक की हवा खाएगा।"

"कैसे समझ लिया?"

इस समय, ऐसी दयाजनक अवस्था में भी मुंज ज्यों-का-त्यों निर्द्वन्द्व खड़ा था। उसके चेहरे पर आनन्द और शान्ति दीप्त हो रही थी। उसके नेत्र कभी सैनिकों को और कभी बातचीत करते मार्ग में चलते हुए नागरिकों पर उठ जाते थे। उसका गौरव और स्वस्थता तनिक भी भंग नहीं हुई थी। उसके हाथों में बेड़ियाँ और भिक्षा-पात्र राजचिन्ह जैसे प्रतीत हो रहे थे।

जिस घर के सामने मुंज खड़ा था, उसमें से एक युवती निकली और मुंज तथा सैनिकों को देख, घबराकर पीछे हट गयी।

स्नेह और आदरपूर्ण दृष्टि से मुंज ने हँसते हुए कहा, "सुन्दरी! घबरा क्यों रही हो?"

क्षुब्ध होकर वह स्त्री बोली, "महाराज!"

"इससे अच्छा और क्या होगा? ऐसा न होता, तो मान्यखेट के नागरिकों को पृथ्वीवल्लभ का परिचय कैसे मिलता? घर में कुछ है? यदि हो, तो कुछ लाओ।"

"महाराज! इस समय..."

"जो कुछ भी हो, दे दो। तैलप के राज-भवन के पकवानों से तो बढ़कर ही होगा। मैं भी देखूँ कि पाकविद्या में कौन निपुण है—अवन्तिका या मान्यखेट?"

वह स्त्री तुरंत ही घर के अन्दर गयी और कुछ खाद्य-पदार्थ लाकर मुंज के भिक्षा-पात्र में डाल दिया।

मुंज ने हास्य-युक्त नयनों से कहा, "सुन्दरी! इतना याद रखना..." यह कहकर उसने एक संस्कृत श्लोक सुनाया।

वह स्त्री, अर्थ न समझने के कारण, देखती रह गयी।

मुंज हँसकर बोला, "हाँ, मैं भूल गया। यह अवन्तिका नहीं है। 'देखो, चन्द्रलेखा! तुम्हारे इन पुष्प-माल जैसे सुकुमार पाश से प्रणयी छूटना चाहे, तो उसे मूढ़ समझकर उसका तिरस्कार करना; क्योंकि पृथ्वीवल्लभ भी तुम्हारे करों को देखकर बड़े भ्रम में पड़ गया कि यह कर हैं या कमलनाल और क्षणभर के लिए वह यह भी देखना भूल गया कि भिक्षा-पात्र में क्या डाला है!"

वह स्त्री लज्जित होकर नीचे देखने लगी। उसके मुख पर हास्य झलकने लगा। मुंज भी आनन्द से हँस रहा था।

मुंज दूसरे घर की ओर घूमा, तो तैलप ने मृणाल से कहा, "यही तेरा पृथ्वीवल्लभ है, देखा?"

मृणाल ने तिरस्कार से कहा, "मैंने तो कभी का देख रखा है। अब तू भी देख ले, नहीं तो रह जायगा। वास्तव में ही यह पृथ्वीवल्लभ है। तू चाहे सिर पटककर मर जाय तो भी पृथ्वीवल्लभ नहीं हो सकेगा।"

इतना कहकर वह खिड़की से हट गयी। होंठ चबाते हुए तैलप भी वहाँ से चला गया।

पृथ्वीवल्लभ क्यों घबराया?

सात दिन तक भिक्षा माँगकर पृथ्वीवल्लभ ने दिग्विजय किया। सारा नगर उसके पीछे उन्मत्त हो गया। नगर का प्रत्येक स्त्री-पुरुष तैलप को शाप देने लगा। प्रत्येक प्राणी उसे बचाने की चेष्टा करने लगा—ईश्वर से प्रार्थना करने लगा।

परंतु तैलप इस समय किसी के धोखे में आ जानेवाला नहीं था। मृणाल पर, मुंज पर और मुंज का पक्ष लेनेवालों पर कड़ी दृष्टि रखी जाती और उनके बारे में कहा गया एक-एक शब्द उसके कानों में पहुँच जाता। धीरे-धीरे तैलप को मालव राज के चमत्कारपूर्ण व्यक्तित्व और अपनी बिगड़ी हुई बाजी का चेत होने लगा और ज्यों-ज्यों चेत हुआ, त्यों-त्यों वह मुंज को समाप्त करने का संकल्प दृढ़ करता गया।

ढ़िढोरा पिटवाकर उसने सारे साम्राज्य में उजागर कर दिया कि आज से सातवें दिन, प्रातःकाल, पापी मुंज को, मृणालवती से अन्तिम भिक्षा माँग लेने पर हाथी के पैरों तले कुचलवा दिया जाएगा।

इस विजयोत्सव में सम्मिलित होने के लिए उसने पूरे देश को निमंत्रित किया।

सारा देश चकित हो उठा—स्तम्भित हो उठा। सहस्रों हृदयों से रोष और तिरस्कार के उद्गार निकले, सहस्रों नयनों से अश्रुपात हुआ और सहस्रों निःश्वास से इस अन्याय के प्रति मूक शाप निकल पड़ा।

परन्तु तैलप का संकल्प अटल था—निश्चल था। सातवें दिन सारा देश राजभवन के आगे मैदान में एकत्र हुआ। चारों ओर—धरती पर, खिड़कियों में और छतों पर लोगों के ठट्ट जमा हो गए।

राजभवन के चबूतरे पर; मृणालवती म्लान और गम्भीर मुख खड़ी हुई थी। उसके विद्रूपित चेहरे पर शोक के सौन्दर्य की छाया पड़ गयी थी। उसके नेत्र अश्रुपात कर-करके लाल हो गये थे। बार-बार उसके हृदय से निःश्वास निकल रहा था। किसी समय लोग जिसे देखकर भय खाते थे, आज उसे दयनीय दृष्टि से देख रहे थे। किसी भी स्त्री-पुरुष के मन में उसके आचरण की आलोचना करने की कठोरता न थी।

मृणाल से भिक्षा मँगवाकर मुंज को क्षुद्रता का कठोर से कठोर अनुभव कराना ही तैलप का उद्देश्य था। मृणाल यह बात समझ गयी और पहले उसने इस बात को अस्वीकार कर दिया; परंतु जब तैलप ने एक पल के लिए भी मुंज से मिलने को मना कर दिया, तो मृणाल विवश हो गयी। अन्तिम समय मुंज से न मिलना वह किसी प्रकार भी सहन नहीं कर सकती थी। उसने स्वीकार कर लिया। उसके-से कठोर हृदय के लिए भी यह आघात असह्य हो गया था।

मृणाल के निकट ही महारानी जक्कलादेवी और कई सहेलियाँ खड़ी थीं। महारानी का मुख भी फीका और चिन्ताग्रस्त था। सामने तैलप खड़ा था। उसके चेहरे पर क्रूरता और निश्चलता थी। नेत्रों में द्वेष और विजय का उल्लास। वह अपनी कट्टर शत्रु और माता समान बहन का हृदय-भेद क अन्तिम मिलन देखने के लिए—मुंज की और उसकी वेदना देखकर प्रसन्न होने के लिए—खड़ा-खड़ा आतुर हो रहा था।

बीच के खुले हुए स्थान में एक मदोन्मत्त गजराज घूम रहा था। उसे मद्य-पान कराके मस्त कर दिया गया था। उस पर बैठा हुआ एक कुशल, अनुभवी और चालाक महावत उसे बड़ी कठिनता से सँभाल रहा था। गजराज अपने लाल-लाल नेत्रों से नगर-निवासियों को देख रहा था और बार-बार सूँड़, उठाकर, चिंघाड़कर अपना क्रोध प्रकट कर रहा था। मुंज कारागार से निकलकर बाहर आया। जन-समूह में शान्ति छा गयी और सब टकटकी लगाकर देखने लगे।

बिना घबराये और बिना किसी के कहे, वह वहाँ आकर खड़ा हो गया, जहाँ मृणाल खड़ी थी और हँस पड़ा। उसका हास्य, इस समय भी सदा की भाँति मोहक था। वह बोला–

''क्यों मृणालवती!''

उसके स्वर में ऐसी गूँज थी, मानो अपनी प्रियतमा से दीर्घकाल के बाद मिला हो।

मृणाल पहले तो शान्त रही; पर शीघ्र ही मुंज के मोहक हास्य और स्वर के जादू ने उस पर प्रभाव जमा लिया। उसके धीर और म्लान वदन पर मन्द-मधुर स्मित दिखलाई पड़ने लगा। नयन स्नेहाश्रुओं से भींग गये। दोनों की दृष्टियाँ तेजस्विता के साथ परस्पर आलिंगन करने लगीं। समस्त जन-समूह श्वास रोककर यह देख रहा था।

''अब कौन-सी वस्तु का दान करोगी? जो कुछ तुम्हारे पास था, उसे तो तुम पहले ही दान कर चुकी!'' रसिक प्रणयी एकान्त में जैसी मधुरता से पूछता है, पृथ्वीवल्लभ ने उसी प्रकार पूछा।

मुंज के शब्दों को सुनकर मृणाल पागल हो गयी। प्रणय-मारुत के भीषण झकोरे से उसका रोम-रोम खड़ा हो गया। वह दुःख, समय और स्थान को भूल गयी और मोहान्ध नेत्रों से केवल अपने हृदय-नाथ की रसिक मूर्ति को ही देखती रही।

''सुन्दरी, घबराने की आवश्कता नहीं। यह संसार तो भ्रम और अज्ञान में फँसा हुआ है और फँसा ही रहेगा। वह चाहे जो कहे, पर तुमने अपना जीवन सरस बना लिया।''

मृणाल को चेत न रहा। तैलप, जन-समूह और लोक-लज्जा–सबको वह भूल गयी। भिक्षा देनेवाला पात्र उसने फेंक दिया और दौड़कर मुंज के शृंखलाबद्ध पैरों से लिपट गयी।

''क्षमा, क्षमा करो महाराज! पृथ्वीवल्लभ! मैंने तुम्हें जीते-जी मार डाला!'' इतना कहकर मृणाल ने मुंज की चरण-रज अपने मस्तक पर चढ़ाई।

''तुमने? मेरी मृत्यु तो जन्म लेने के समय ही निश्चित हो चुकी थी। इसमें तुम क्या कर सकती हो! उठो।''

यह देखकर तैलप चबूतरे पर से कूदा और मृणाल का हाथ पकड़कर उसे अलग कर दिया। जन-समूह और सैनिकों के नेत्रों से अश्रु टपकने लगे।

''तैलप! मेरा बदला इस बेचारी से क्यों ले रहे हो?''

''चुप हो जा चांडाल!''

मुंज ने हँसते हुए कहा, ''मैं चुप क्यों हो जाऊँ? चुप हो जाने का अवसर तो तेरे लिए है। इस समय तेरा दिग्विजय समाप्त हो गया है।''

क्रोधावेश में तैलप को कुछ न सूझ पड़ा कि क्या उत्तर दे। वह चुप हो गया।

मुंज ने अपना तेजस्वी मुख-मंडल चारों ओर घुमाया; हँसा और तीव्र स्वर में कहा,

"मूर्ख! तुझे अपने नेत्रों से कुछ दिखलाई पड़ता है? अवन्तिका के सिंहासन पर, सिंह के समान, मेरा भोज गर्जन कर रहा है और स्यून-देश में भील्लमराज मेरा बदला लेने के लिए तिलमिला रहा है। तेरी बहन और तेरी प्रजा भी तेरी नहीं रही—मेरी हो गयी है। किसकी विजय हुई, तेरी या मेरी?"

"मत्त गजराज अभी तुझे विजय दिखलाएगा।" यह कहकर तैलप ने मृणाल को चबूतरे पर खड़े रहने को कहा और आगे आ गया।

मुंज खिलखिलाकर हँस पड़ा। बोला—

"इसमें मेरी विजय है या तेरी? तू मुझे नत करना चाहता था और मैं मस्तक ऊँचा किये हुए ही अपना जीवन समाप्त करूँगा। तू नीति का आडम्बर रच रहा था और अब उसे त्यागकर राज-हत्या का पाप बटोर रहा है! कौन है विजेता, तू या मैं?"

मुंज का तिरस्कारपूर्ण गर्जन आकाश में गूँज उठा।

तैलप ने आकुल होकर होंठ चबा लिये। उसके नेत्रों से विषाक्त किरणें फूट पड़ीं।

"सैनिको! पकड़ो इसे!"

"किसलिए? मैं स्वतः जाता हूँ।" यह कहकर वह गजेन्द्र की भाँति गौरव-भरी धीर गति से हाथी की ओर चला।

सब आँखें फाड़कर देखते रहे। सबके श्वास रुद्ध हो गये। शान्ति से, आगे-आगे मुंज जा रहा था और पीछे तैलप और उसके कुछ सैनिक।

मत्त हाथी के पास पहुँचकर मुंज खड़ा हो गया और तैलप की आज्ञा से उसकी हथकड़ी-बेड़ियाँ खोल दी गयीं।

हथकड़ी-बेड़ियों के खुलते ही मुंज तनकर खड़ा हो गया। अपने ललाट पर लहराते हुए बालों को उसने पीछे किया और विशाल भाल से उद्दीप्त अपना मुख-मंडल जन-समूह और मृणाल की ओर घुमाया। उसके नेत्रों में निर्भयता थी, पृथ्वी का वल्लभत्व-सूचक तेज था। होंठों पर मधुर और गौरवपूर्ण स्मित झलक रहा था।

जन-समूह का हृदय काँप उठा। अनेक स्त्री-पुरुष रोने लगे। मृणाल उन्मादिनी की भाँति देखती रही। सैनिक होंठ से होंठ दबाकर कर्तव्यपरायण-से हो रहे।

मुंज ने बड़े शान्त स्वर में कहा, "देख तैलप! देख, पृथ्वीवल्लभ की मृत्यु अन्त में पृथ्वीवल्लभ को ही शोभा देनेवाले रूप में निश्चित हुई!"

तैलप क्रूरतापूर्ण श्वास लेता हुआ निश्चल चेहरा लिये खड़ा था। उसके हृदय में भारी निराशा छा गयी थी। उसे लग रहा था कि मरते-मरते भी मुंज ने अपना विजय-ध्वज फहरा दिया है। वह प्रतीक्षा कर रहा था कि मुंज तनिक खिन्न हो जाय, उसका वल्लभत्व जरा अदृष्ट हो जाय।

"चल, आगे बढ़, या सैनिकों को बुलाऊँ।"

मुंज ने तिरस्कारपूर्ण दृष्टि से तैलप को देखा और वह आगे बढ़कर हाथी की सूँड़ से दो हाथ दूर खड़ा हो गया।

लगा, जैसे वह हिचक रहा है।

तैलप को इच्छित अवसर मिल गया। बोला, "क्यों, घबरा गया?"

"पृथ्वीवल्लभ घबरा जाय, तो पृथ्वी रसातल को न चली जाय। कायर, मैं तो तनिक सोचने लगा था।"

"क्या?"

मुंज ने गर्व से सिर उठाया। उसके नयन स्नेह-जल से सिक्त हो उठे। बोला, "यही कि बेचारी सरस्वती की क्या दशा होगी? क्योंकि

लक्ष्मीर्यास्यति गोविन्दे विरश्रीर्वीरवेश्मनि।

गते मुंजे यशःपुंजे निरावलम्बा सरस्वती।।"*

इतना कहकर वह अनिवार्य तिरस्कार से तैलप की ओर पीठ फेरकर हाथी की ओर बढ़ा।

"गजराज, राजों में गज के समान पृथ्वीवल्लभ तेरे पास आया है।"

हाथी ने सूँड़ हिलाई और मुंज जैसे कुछ सोचते हुए उसकी सूँड़ सहलाने लगा! मानो उसके साथ खेल रहा हो! अन्त में बड़ी शान्ति से वह उसकी सूँड़ से लिपट गया। महावत ने अंकुश लगाया तो हाथी ने सूँड़ में लपेटकर मुंज को ऊपर उठा लिया!

हाथी ने सूँड़ में दबाये हुए मुंज को अनेक बार नीचे-ऊपर किया, और पृथ्वीवल्लभ हँसता हुआ, प्रभावी नेत्रों से गर्व दर्शाता हुआ, कालीनाग के नथैया श्रीकृष्ण के समान, लोगों की सजल और निश्चल आँखों के आगे खेलने लगा। गजेन्द्र ने चिंघाड़ मारी और सूँड़ को एक झोंका और दिया। पृथ्वीवल्लभ का विजय-घोष गूँज उठा—

"जय महाकाल!"

जन-समूह हाहाकर कर उठा। मृणालवती की गहरी चीख आकाश में गूँज उठी। मुंज हाथी के पैरों तले अदृष्ट हो चुका था। हाथी ने पैर रखा—भार दिया। हड्डियों के चुर-मुर होने का शब्द सुनाई दिया और हाथी ने पैर उठा लिया।

पृथ्वीवल्लभ का कुचला हुआ शरीर, रोटी बना, धरती पर पड़ा रहा।

□□

---

* लक्ष्मी तो गोविन्द के पास चली जायगी, कीर्ति वीरों के पास, परन्तु यश के पुंज-रूप मुंजराज के जाने से बेचारी सरस्वती निरावलम्बा हो जायगी।